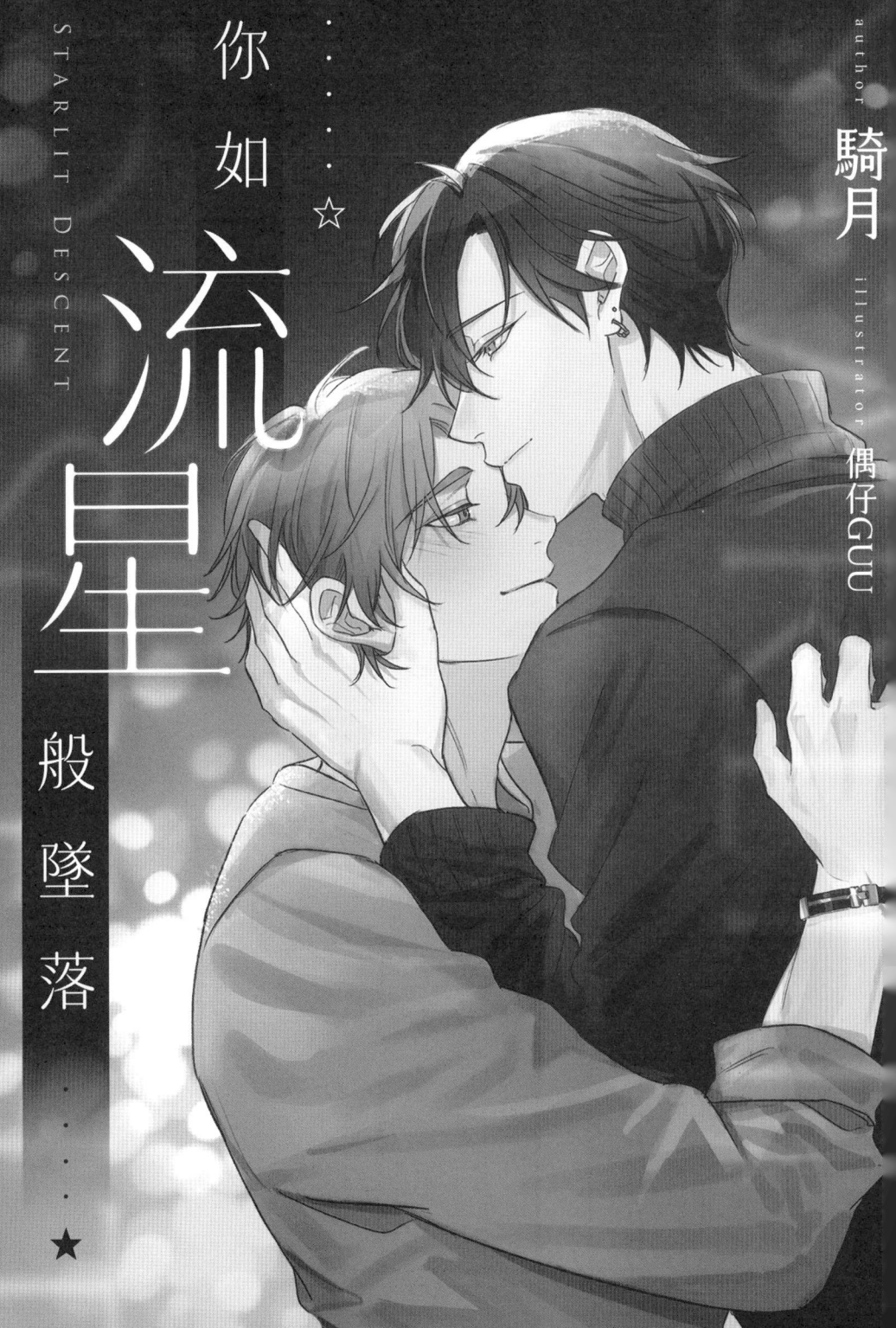

序章

耀眼的白色燈光，打在半圓形的巨大舞台中央。主持人公布入圍名單，螢幕上出現五張大眾熟悉的面孔。

這組堪稱「死亡之組」，入圍的人選從五、六十歲的老戲骨，到呼聲極高的年輕演員，橫跨將近半個世紀的年齡層。

儘管他們看來姿態淡然，專業笑容不減，心中的波濤洶湧卻非其他人能體會。其中，坐在靠走道座位的青年眼睫低垂，仍遮掩不住在候選者中，特別突出且輪廓優美的臉龐。白皙到看不出瑕疵的膚色，對比坐在一旁的老戲骨演員，堪稱最殘酷的歲月見證。

趁主持人口沫橫飛介紹入圍者時，老演員不忘出聲調侃，「知一，你還真沉得住氣。想當年，我在你這個年紀入圍配角，光是聽介紹詞就快昏倒了。」

宋知一側目回以禮貌淺笑，沒有回話。

下一秒，螢幕上秀出得獎者，霎時間，整個禮堂歡聲雷動。

「最佳男主角，得獎的是──《獨行者》宋知一！」

其餘入圍者雖有惋惜，但也不能失了體面，紛紛迅速起身給予祝福及掌聲。

宋知一優雅站起，姿態不卑不亢，一一回禮後，旋即邁步走上台。

刺眼燈光打在臉上，他下意識瞇起眼睛。在靠近麥克風之前，他喃喃自語：「結束了⋯⋯」

等主角站定位，偌大會場瞬間鴉雀無聲，眾人無不期待宋知一的得獎感言，甚至還有激動到哭出來的粉絲。

「謝謝評審、工作人員以及支持我的所有人。這個獎，我想獻給一個人，一個始終存在『演員宋知一』心裡的人。」

此話一出，頓時全場譁然，被稱爲「超級緋聞絕緣體」的知名男演員自爆，比什麼都讓記者們興奮！

但宋知一再也沒有發話，他淡定自若地退後三步，深深一鞠躬後，頭也不回地走下台。

在場所有人，一致露出極度錯愕的表情。

主持人笑中帶淚地急忙圓場，縱使內心對這突發狀況有千千萬萬個抱怨，表面還是不動聲色地進行流程。

「宋知一於個人社交軟體發布『退出影視圈』的重磅消息！經紀公司也無法聯絡到本人，目前行蹤不明！」

隔天，轟動整個A國演藝圈的消息，占滿各大社群媒體版面。

自那之後，宋知一的私人社交軟體帳號無預警關閉，縱使官方經營帳號的留言數大爆炸增長，卻沒有任何官方解釋或回應。

原本有大好前程的新星，就此消失在螢光幕前，沒有人知道他究竟去了哪裡。

★

兩年後。

位於Z國郊區的永生安樂機構中心裡，各職類人員從早開始忙進忙出。身穿白袍的青年，將桌上好幾沓申請文件整理好後，伸了個懶腰。

護理人員推開辦公室的門，抱起桌上的資料夾，露出靦腆笑容，「肖醫師，辛苦了。」

肖念淺笑搖頭，「不會，妳們才辛苦。對了，今天凱文醫師是不是要面談一位A國來的個案？」

A國是肖念的故鄉，每每碰到特地從故鄉搭乘長途飛機過來，進行人生最後旅途的人，他總會有點感嘆，忍不住出言關心。

「肖醫師，我偷偷告訴你，這個人你一定認識！」護理人員眨眨眼睛，露出帶有八卦意味的表情，「他就是那個在A國很紅、兩年前突然引退的明星啊！有一次，我還看到你用手機看他演的電影⋯⋯」

「嗯？」他抬起頭，細長微彎的俊眉挑起，眸中浮現好奇。

「嗯，對啊！」

她是土生土長Z國人，對A國藝人不太熟悉，若不是常觀察肖念的一舉一動，她不會特別注意到這點。

肖念的深邃眼睛驀然瞪大，「妳⋯⋯說誰？」

護理人員下意識回答：「好像姓宋⋯⋯」她努力回想，「啊，宋知一，對吧？」

肖念猛然站起身，頭也不回地跑出辦公室。

兩年了，那個人無聲無息，消失得徹底。他沒想到，身為粉絲的他，有朝一日可以親眼見到本人。

但該死的，是在這種地方——讓人該死的地方。

第一章

一輛經過改裝的無障礙七人座豪華休旅車，緩緩駛進大門。

電動尾門自動開啟，負責開車的男人下了車，將電動輪椅順著無障礙斜坡拿下車，率先走到門口，推開大門。

進屋後，身穿米白素T加休閒西裝的男人嘆出一口氣，「審核總算通過了。這是分配給你的住處。記住，這裡的醫師或工作人員會定期過來看你，倘若收到訪視通知，盡早告訴我，我好幫你回絕不必要的接觸。」

許久沒有整理的瀏海，幾乎遮住宋知一的上半臉。他緩緩點頭，冷冷道：「現在就可以回絕，我不需要。」

男人翻出白眼，吐槽道：「不需要？是想直接跳過手續往生？可是宋先生，如果你想按照自己希望的死法，起碼還得再等三個月。」

宋知一不吭聲了。

根據宋知一方遞交的資料，機構判斷宋知一行動不便，因此安排他入住這棟洋

房。屋裡有許多升級過的高科技無障礙設備，讓身障人士住起來安心舒適。

宋知一搭乘爬梯機到了二樓，進了主臥後，他下意識地關上房門，男人眼明手快地跟上並卡住門縫。

「等等，你打算在哪裡安裝這些？」徐海帆從其中一個行李提袋裡，拿出好幾個小型攝影機，「亞歷斯克說，全部裝好後，他會開遠端控制連線，連到他那裡。」

宋知一淡淡道：「嗯，我畫了圖，你照著裝。」

徐海帆的手機立刻響起通知聲，是宋知一傳來的圖檔。一打開，他眼角隱隱抽動，他又不是專業人士，怎麼會安裝如此複雜的東西？

宋知一抬頭睨了他一眼，眼神中透露出赤裸裸的質疑。

「喔，畫得真好，我當然會裝！」徐海帆嘴上這樣說，內心卻想著真想把這位大明星掐死。動手安裝前，他又問：「有需要先告知負責你案子的團隊嗎？」

「不用。我想要最自然地呈現，直到最後。」

徐海帆聳聳肩，轉頭認命地安裝器材。

鼓搗了老半天，好不容易全部安裝、測試好，他連聲「謝謝」都沒收到，就被趕了出去。

看著異常堅固的門鎖，徐海帆氣不打一處來。他壓下情緒，「行李在更衣間，你自己收拾，我先走了。」

語畢，房間裡連個回應都沒有。徐海帆更氣了，他努力深呼吸幾次，幫助情緒回歸平靜。

回到車上，他撥通電話，神色不免變得正經，「夫人，我送知一到『永生』了。」

話筒傳來具有威嚴的女性嗓音，「嗯，我知道了。這段時間裡，他想做什麼就隨他去。」

徐海帆苦笑，「我看他什麼都不想幹。」頓了頓，他無奈地道：「兩年前，他二話不說拋下一切搬來Z國，都不想想，他搞出這些爛攤子，是誰幫忙收拾的？然後，上個月剛拿到永久居住權，立刻向『永生』遞交申請書。意志之堅決，我深感佩服。」

「為了贖罪，他該受的。」話說完，女人掛斷電話。

徐海帆望著陷入一片死寂的手機，有些感嘆地自言自語，「誰生來身上沒帶點罪呢？可是……又何必這麼執著？」他搖了搖頭，緩緩將車子掉頭駛離。

此時，宋知一在二樓的落地窗邊，看著黑色車子離去。

他驀然長嘆出一口氣，這之中包含了太多複雜情緒，就連他自己也難以闡述。

最後，他伸手拉上窗簾隔絕陽光，周身融入深沉的黑暗中。

肖念跑了好一段路，劇烈心搏加快血液循環，大腦也因此清醒了點。

永生是十分重視個人隱私的機構，也非常看重員工的職業道德素養。不對機構內外的非相關人士洩漏個案訊息，是極為基本的要求，也忌諱讓員工為認識的個案執行相關工作。

人類是富含多樣情感且思緒複雜的動物，因此執行這項工作屬實不易。越能置身事外、懷抱著單純想法，送有此心願的人離開，越不會受到情緒干擾。

肖念很清楚自己的職位該做什麼事，然而他看待宋知一的角度跟一般粉絲不同，即使宋知一不認識他。

肖念無法保證自己不會做出本職以外的事情，他無法控制自己完全不干預。

他走到凱文的辦公室門口，躊躇的腳步來回不斷。這時，有人叫住他。

「肖，我辦公室門口，有什麼會讓你來回轉圈的魔法陣嗎？」

凱文是西方人，他對東方的動漫非常感興趣，日常對話中常常帶著一股虛幻神祕的氛圍。

肖念霎時僵住，精緻眉眼微微蹙起。情感因素終究越過工作守則，他緩緩嘆出一

凱文挑挑眉，「當然。雖然我更喜歡美女，但跟帥哥談，我也樂意。」

兩人進入辦公室後，過了幾分鐘，換凱文的眉頭緊皺，「肖，不是我不幫你。應該說，我想幫你。你並不適合擔任第三方醫師的其中一人。」

個案來到永生，需要攜帶所有醫療證據，證明自己有申請資格。除此之外，仍要經過機構內第三方醫師查看資料與面談，審核資格。

凱文是宋知一的主要負責人，他需要再邀請另外兩名醫師協助擔任第三方醫師，目前人選尚未敲定。然而，聽了肖念的理由，他不太認同。

「我知道。你是怕我⋯⋯無法負荷後果。」

作為醫師，他們卻跟救死扶傷的醫師不同。在不諒解他們的人眼裡，這群人就是無情的「劊子手」，遞上用蜜糖包裹的毒藥，加速一個生命的消逝。

「肖，你的抗壓性是我見過數一數二好的。問題是，真到了執行那天，你有辦法抽離嗎？我看過很多瘋狂的追星族⋯⋯嗯，我知道你不是。可是這種失落感的衝擊，是一種用肉眼看不見的危險，我怕你承受不了。」說完，他拍上肖念的肩膀，聞言，肖念不自覺握緊拳頭，「凱文，你放心，我自有分寸。主責醫師是你，倘若他決定走到最後階段，我保證不會介入。」

凱文嘆了一口氣，「唉，你何必找罪受啊？」

肖念一頓，濃長眼睫緩緩垂下，「我想知道，他有什麼想完成的心願，然後盡力幫他完成……算是一個資深粉絲對偶像的心願吧。

畫、想見聲優本人是一樣的。你懂吧？」他刻意轉移話題，試圖讓氣氛輕鬆點。

凱文的表情放鬆了點，注意力迅速轉移，介紹起他近期熱愛的魔法使新番。

肖念表面認真聆聽，心卻飛向遠方。他真心想知道，是什麼讓宋知一決定走到這一步？

忙碌的一天很快過去，肖念離開辦公室時，已是晚上六點。

他坐上腳踏車，順著人工道路騎回員工住所。

機構重視隱私，因此創辦人向當地政府申請，買下了好幾公頃的自然山坡地，將永生打造成如今的理想模樣。整個機構中心占地廣大、地處偏僻，光靠雙腳移動的話，絕對會走到懷疑人生，因此員工大多都騎腳踏車代步。

他刻意放慢速度，任由輕柔夜風吹拂全身，腦中不免浮現宋知一那張受盡上天眷顧的臉龐。

宋知一在十七歲出道，一年只出演一個作品，十分規律。

雖然他多飾演次要配角，可是帥氣五官加上精湛演技，觀眾很難不注意到他，好幾度衝上熱門搜尋。

第一章

出道第十年，他接了第一部作為主角出演的電影《獨行者》，不負眾望得了影帝。

走上眾人仰望的巔峰，宋知一花了將近十年。但肖念認為，他其實早就擁有資格。卻沒想到，宋知一居然在職涯巔峰退出影視圈。

肖念並不是很初期的粉絲，而是從第五個戲劇作品《失去光的人》，開始注意起這位優秀的演員。

在這部戲中，宋知一飾演一位肢障人士，是主角的弟弟。他為了揣摩角色，特意請經紀公司接洽社會福利機構，以志工跟舉辦公益募款為條件，在機構住了三個月，並確認接下這個角色。

事實證明，宋知一相當成功，還因為演得太像，社福機構裡的人看完都哭成一片。這部作品也帶動社會捐款給弱勢團體的風氣，可見好演員的粉絲影響力不容小覷。

宋知一飾演的弟弟，在歷經失去父母的痛苦後，又碰到接二連三的打擊，最後決意要自殺。然而，這幕恰巧斷在片尾。

這集播出時產生不少爭議，有不少網路正義魔人紛紛發聲抨擊，擔心青少年模仿，並掀起一股自殺風潮。

下一集，宋知一靠著精湛演技，演出一個人從痛苦、迷茫、掙扎、再到恐懼、害

怕，最後回想起父母的愛，緩緩放下手中的刀。

他沒有半句台詞，靠著肢體、表情、情緒渲染，加上內心旁白，讓電視機前的觀眾隨之落淚，一戰再度成神。

不遠處的燈光吸引肖念的注意力，讓他從跟宋知一有關的回憶中抽離。

他停下腳踏車，撇頭一望，那間房子空了將近兩年，居然有人申請到了？

那棟洋房裡配有許多特殊設備，入住的門檻高，需要有一定的財力和特殊需求，才會被分配到這裡。

肖念的住所離這棟洋房不遠，這一區共十間洋房，都屬於他的管轄範圍。屋內各個角落設有緊急求救鈴，若個案發生緊急狀況，他能最先趕過去處理。

他再度踩動踏板，經過洋房外的圍欄時，不自覺停了下來，觀察起周遭——庭院裡沒有車子。

他仰頭望向二樓透出淡淡亮光的房間，屋內十分安靜，沒有傳出任何交談聲。

肖念猜想，這個人應該是自己來的。

永生重視個案的自主意願，所有的形式與過程，皆以個案的期望為優先。

「你心中的期望又是什麼呢？」肖念不禁喃喃自語，不只是想問這些前來尋求解脫的人們，也問自己。

他自嘲似地一笑，搖了搖頭，轉身騎回住所。

第一章

就在他調頭的瞬間，窗簾恰好拉開一條縫隙。

肖念沒有發現，從高處投射下來的目光，正牢牢盯著他離去的背影，雙方視線就這樣交錯而過。

回到住處，肖念做的第一件事是洗澡。

迅速盥洗完走出浴室，水珠沿著溼漉漉的頭髮滴落，他順手拿起毛巾蓋在頭上隨意擦了擦，另一手從冰箱裡拿出能量飲料灌了幾口。

忙碌了一天，終於得以坐上柔軟的床鋪，肖念伸手拿起擺在床頭櫃上的水晶球音樂盒，動作熟練地轉了八圈，不多不少，然後輕輕擺回原位。

發條開始轉動，帶出斷斷續續的刺耳旋律，可是他不在意，深邃眼眸失神般地盯著水晶球裡飄舞的雪花。

忽然，他眉頭深鎖，左手死死扣住戴著皮革手環的手腕，力量大到指節泛白、咯咯作響。

隨著破碎音樂停止，他的手才鬆開。肖念的臉色慘白，急促的喘息聲，在獨自一人的空間中格外清晰。

呼吸漸漸平復，他摸了摸水晶球，半晌才擺回床頭櫃上。

他癱倒在床上，皮革手環下的壓痕有些隱隱作痛。

「爸，如果你問我，為什麼會來到這裡……」他輕聲低喃，聲音中夾雜一絲脆弱

和無助，「因為我已經無法成為像你一樣的醫生，那倒不如當一個劊子手。我殺了這麼多人，對你來說，一定很可怕吧？」

他用白色長袍遮掩內心深處的不堪，騙過了所有人，卻騙不了自己。

肖念睜開眼睛，才發現自己居然橫倒在床上睡著了。

他很快清醒並察覺異樣──停電了。屋內一片漆黑，然而前一晚他並沒有把日光燈關掉。

「對了，那棟房裡的人⋯⋯」

那棟洋房裡的特殊設備不能沒有電力，倘若發生要命狀況，按了緊急鈴卻沒反應，機構難逃吃上官司一劫。

即使這裡的個案有著離開世界的強烈念頭，也要選擇喜歡的方式，而不是從天而降的意外。

肖念趕忙爬起身，憑著身體記憶摸黑往前，著急之下膝蓋還撞到了桌角，疼得他忍不住齜牙咧嘴。

他一路跑到那棟洋房外，伸手敲了敲門，「您好，我是永生的醫師──」

第一章

肖念提高音量，卻沒有半個人回應。他內心隱約覺得不安，出門前便準備好備用鑰匙，「失禮了，我得開門確認安全！」

鎖頭轉動的聲音，在黑暗中十分清晰，肖念擔憂個案人身安全，又是第一次摸黑闖門，心臟跳得飛快。

深色窗簾嚴嚴實實遮擋住外來光源，屋內暗得伸手不見五指，肖念沿著牆壁，小心翼翼地摸索窗戶的位置。

走沒幾步，感受到有東西靠近，他反射性回頭伸手防禦。殊不知，一隻有力的手更快地扣住他的手腕。

對方用力一拽，將他的身體拉轉半圈，接著抓過他的雙手。一眨眼，肖念被扣壓在對方胸前。

背後傳來溫熱觸感——環抱住他的雙臂精實有力，卻沒有過分誇張的肌肉隆起。肖念心想，他一米八二的身高，雖然比不上健身壯漢，卻也不是隻軟腳蝦，沒想到對方制伏他就像抓小雞一樣簡單。

「誰同意你進來的？」

低沉嗓音傳入耳中，肖念下意識眨了眨眼睛，覺得這個聲音似曾相識，「你的聲音，好像某個電視劇裡的角色……」

對方頓了一下，沒有回答。

肖念腦中靈光一閃，「啊！我想起來了，是《下雨天的藍調時光》的葉磊！」

《下雨天的藍調時光》是宋知一的出道作品。在這部戲裡，他飾演配角大學生葉磊，幫助主角從泥淖中成長。個性十分低調知性的他，富有獨特魅力。

雖然在這部戲中，宋知一的戲分不多，作品也算不上出名，肖念還是很喜歡，看了不下十遍。關於葉磊的所有台詞，他記得一清二楚，自然連配音員的聲音都不會輕易放過。

緊抓的力道鬆了點，語調仍是低沉冷冽，「沒有，但是謝謝你的誇獎。」頓了頓，他又說：「我是宋先生的私人保鑣。宋先生已經睡了，他不喜歡外人，非必要也不需要工作人員協助。我以為機構早已收到通知，並會尊重個案意願。」

男人邊說邊拉開距離，但手掌仍輕輕貼在肖念肩上，給予少許扶持。

肖念下意識回頭，「宋、宋先生？」

黑暗中，他看不清對方的輪廓，對方自然也看不到他極度震驚的瞳孔。

不會是宋知一吧？他在樓上？還沒正式會面，就先闖入人家的住所？這個開頭是有多糟糕？

他頓時思緒混亂，下意識地為不夠周全的考量而道歉，「抱歉，我還真沒有收到⋯⋯突然停電，我擔心會有緊急狀況，才過來看看。我就住在前面不遠的地方。」

解釋過後，雙方陷入沉默，伴隨無聲的尷尬。

「我明白了。」男人說完，貼心地將肖念轉到正對大門的方向。這動作意味明顯，是在趕人。

肖念在心中默默嘆了一口氣，「請代我跟宋先生說聲抱歉。我是永生的專任醫師，肖念。」

男人的手指驀然微微一縮，語聲冷淡平靜，「我記住了，肖醫師。我會告知宋先生您今晚的好意。」

不就是要告狀的意思嗎？肖念匆匆道了聲「晚安」，窘迫地往前走。走到門口，他又被不知名障礙物撞擊到同一個傷處，屋漏偏逢連夜雨。

這時，電力恢復了，玄關小燈亮起。

抵在肖念後背的手稍稍出力往前一推，接著「碰」的一聲，門無情關上，他連掙扎餘地都沒有。

肖念彎腰揉了揉有些浮腫的膝蓋，神色苦悶，「今天是走什麼霉運啊⋯⋯希望這件事不會讓宋知一聽見我的名字，就拒絕會面⋯⋯」

他一拐一拐地往回走，沒有發覺藏在窗簾後的探究目光。

「葉磊⋯⋯」男人停頓半晌，「很久沒有聽到這個名字了，還有⋯⋯」

屋內燈光仍舊偏暗，然而男人行動自如，不像某人磕磕碰碰。他從桌上的藥物盒裡拿出幾顆膠囊，倒了杯水放到托盤上，腳步沉穩往二樓走去，隨後關上房門。

方才發生的一切恍若一個小插曲，微不足道。

隔天，肖念才剛踏進辦公室，電話就響起制式化的鈴聲。

他接起，電話另一端傳來凱文虛弱的回應：「肖，我就知道你會準時上班！我、我腸胃不好……」

擔心凱文的菊花擴張程度，和工作延宕程度成正比，肖念表情無奈，「怎麼回事？我記得你今天排了三個面談。」

「昨天跟一批新進人員去喝點酒、吃麻辣鍋，我哪知道後勁這麼強？」

肖念沒有戳破他假借歡迎新進人員之名，行聯誼之實。這報應來得太快。

「唉，我知道了，你自己辦請假手續。」他拿起桌上的資料翻閱，確認今天的行程，隨口一問：「你今天第一個要面談的是誰？」

「哦，你去我辦公室，左手邊第一個抽屜，金色資料夾，VVIP，宋知一。」

肖念手一頓，「宋知一？」「他昨天才剛入住吧？通常不是要等至少三天？」

機構的規定和流程繁瑣，從獲取正式審核起，每個步驟至少間隔三到五天不等。

「哦，有錢人嘛，總有些特別管道，啊⋯⋯」凱文深吸一口氣，按壓陣陣翻滾的腹部，「不過，我做這行也挺久了，趕著要上路的，嗯⋯⋯也不多見啊，哈哈⋯⋯」

「凱文，留點口德。」肖念提醒。

「你不是也很想見一見偶像嗎？」

肖念一時不曉得該做何反應，這種見法太地獄了。而且，昨天他已經有近距離接觸偶像，雖然隔了一層樓，但對粉絲來說，也是死而無憾。

他悶悶吐出一句：「我又不是團隊成員。」

凱文再開第二槍，「別擔心，昨天你一提，我立刻往上報，上頭核准了！好同事不是當假的吧？」

肖念無語，這一刻他還真的希望是假的。

「宋先生預約了早上九點。資料你快去看一看！我、我不行了，先掛了⋯⋯」

通話結束的「嘟嘟」聲傳入耳中，肖念掛回話筒，神色相當複雜。說想擔任負責人之一的是他，現在想臨陣脫逃的也是他。

一走出辦公室，路過的護理師出聲喊住他：「肖醫師，你要外出？」

一路上，肖念暗暗洗腦自己，要謹記身分和職責，千萬不可以被私人情緒影響。

糾結片刻後，他在職業道德的意念加持下，到凱文的辦公室拿取資料。

肖念全神貫注在資料上，仍抽出空檔點頭示意，「嗯，凱文身體不舒服，我代他

「哦,原來是這樣。需要請心理師跟你一起去嗎?」

肖念一頓,餘光恰巧瞥見一條註記,「謝謝妳的好意,但不用麻煩了,個案有表示希望一對一。」

「沒問題。對了,今天是甜點日,我會幫肖醫師預留一份唷!」

甜點日是永生的員工福利活動,訂在每個月的十五日。

比起鹹食,肖念更喜歡吃甜食,這是同事間眾所皆知的事。

醫師經常出外務、隨傳隨到,常會錯過每個月只有一次的甜點日。有次,凱文無意間拍下肖念沒吃到甜點而失落的表情發到群組,瞬間引起全群女性轟動。從此,肖念再也不怕沒甜點吃。

聽到關鍵字的肖念驀然抬頭,俊秀眉眼彎起,露出溫暖笑意,「謝謝妳,那我先走了。」

護理師的心臟被這個笑容爆擊,立刻拿出手機,在沒有肖念的小群公告,「今天肖醫師的甜點是我負責,妳們別想!」

群內一整排貼圖回擊。

「這事情沒有先來後到!」

「誰先找到肖醫師,誰才算贏!」

跑一趟。」

「上次他對我搶到的提拉米蘇讚不絕口！」

此時，肖念還在跟思想拔河掙扎。

他一邊走著，一邊翻閱資料，大概理解為什麼宋知一會有這個念頭，那人毫不留戀地離開影視圈，再繼續待著，也不會比止步在最輝煌的時刻更好。

思及此，深邃眼眸一沉。

不知不覺就到了目的地，他鼓起勇氣按下門鈴。不久後，肖念日日夜夜心繫的聲音無預警出現，他幾乎要忘了呼吸，傻愣在原地。

「您好，是哪位？」

宋知一出道以來沒有傳出任何緋聞，人品也備受讚譽，不僅對工作人員謙虛有禮，工作態度也相當敬業認真。然而，他周身散發出一種生人勿近的氣場，令大多數人不敢越過那條隱形的界線。

好半晌沒有回答，宋知一又再問：「怎麼了？」

肖念總算回神，「沒、沒事。我是永生的肖醫師。今日要進行面談的凱文醫師突然身體不舒服，改由我來與宋先生面談。」

「請上二樓。」話一說完，感應門自動彈開。

肖念邁開腳步走進屋內，直上二樓。

這棟三層樓高的洋房，是四房二廳的格局，生活功能一應俱全。二樓有一間開放

式書房和超大主臥室，三樓則是兩間獨立客房。

他掃了一眼，書房裡沒半個人影，那就是在主臥室了。他走向主臥室，禮貌地敲了敲門後，轉動門把輕輕推開。

濃長眼睫一揚，眼底映入那張熟悉到不能再熟悉的俊雅臉龐。

宋知一的膚色略顯蒼白，一頭黑髮許久沒有整理，長度到達胸口前。本該明亮動人的深邃雙眼，彷彿失去靈魂的空殼。

這副頹廢模樣，跟過往光鮮亮麗的形象差了十萬八千里。肖念心頭一抽，卻裝得不動聲色，猶如面前的他是陌生人。

宋知一手一擺，「請坐。」隱藏在瀏海後的目光，直勾勾地盯著肖念的手。

肖念坐上單人沙發，目光不自覺掃過那雙被厚毯子蓋住的長腿。

資料上說，宋知一已經癱瘓一年半，可想而知，雙腿的肌肉量會有所衰減。若有專人協助勤勞訓練，肌肉或許不會萎縮得太誇張。值得慶幸的是，他的雙手並未受到太多影響，沒有明顯的退化或變形。

「宋先生，我是永生的專任醫師，肖念。面談開始前，我要先跟您說明一件事。」他擺出專業態度，正經地說明。

因為天生的笑眼，以及自然而然散發的親切感，多數個案對肖念的第一印象很好，不會有制式化的冰冷感。

「您提供的醫院診斷資料並不符合條件。這家醫院並非醫學中心,而是地區性醫院,並且醫學檢驗還是委外進行,公信力相對不足。」

他停頓一會,悄悄觀察宋知一的反應,對方卻連個眨眼都沒有,彷彿一座沒有生命力的精美冰雕。

他接著說:「所以需要重新安排檢查,確認宋先生的狀況確實屬於不可逆的先天性罕見疾病。」

「貴院覺得這些資料會造假嗎?」宋知一語調平穩,回應卻不太客氣。

肖念搖搖頭,開口解釋:「不是的。我明白您會有被質疑的感受,但是,為了安全,一名好醫師會不斷質疑自己的診斷,尤其是當資料有侷限性,推理出錯誤結論的機率更高。這裡會有這個規定,也是因為確實發生過醫院誤診,或病人拿錯報告書的情形。希望您能諒解。」

宋知一沒有再回答。

肖念翻開下一面資料,手心還在冒著冷汗。他努力說服自己保持冷靜,抽出一張紙放上茶几,「這是心願清單。接下來的三個月審核期間,我們會盡力完成宋先生提出的所有心願。」

「每個來到永生的個案,都會寫下心願清單。只要是符合現實條件的要求,機構都會想盡辦法幫助個案完成。在這段過程中,有人因此獲得活下去的勇氣,放棄人工死

亡。肖念曾研究過歷年數據，結果顯示，這些人會再申請第二次人工死亡的機率低於五成。

有時候，疾病並不可怕，可怕的是萬念俱灰。

宋知一默默看了一眼，「我不需要。」

肖念第一次碰到這麼直截了當的拒絕，再加上是這個人說的，難以言喻的感受從胸口迅速蔓延開，像是一場不會要命，卻折磨人心的酷刑，隱隱作痛。

「因為我這輩子的所有願望都已經完成了，只剩下一個，肖醫師。」

他不說，肖念也知道那個願望是什麼──死亡，這是現在的宋知一最想要的。

肖念的手反射性地緊緊扣住腕上的皮革手環，用力到金屬配件狠狠刺進皮膚，烙下清晰壓痕。沉默片刻後，他緩緩開口：「身為醫師，我其實不該說這些話，但我現在有點忍不住⋯⋯」

他深吸一口氣，克服所有顧慮脫口而出，「當我看見你時，忽然想起林衡。」

聽見這個名字，宋知一的神情沒有特別變化，但微蜷手指出賣了他。然而，肖念並沒有注意到這細微的動作。演戲就像戴上一個旁人看不透本心的面具，宋知一很在行。

「林衡即使絕望，他仍選擇勇敢地活下去。你真的演得很好，但有一瞬間，我莫名覺得你不在林衡的角色裡。這麼說或許冒犯到你，我畢竟不是專業的影評。可是，

當你拿起刀子，毫不猶豫地割下，那一刻，你似乎是認真想自我了結，反而是林衡這個角色阻止了你……是不是從那時起，你就想過自殺了？」

林衡是《失去光的人》的配角，肖念相信，宋知一肯定對劇情歷歷在目。

節目訪談中，導演曾說過，宋知一拍那場戲是真的受傷了，全部人都嚇了一跳。

不過拍出來的效果極好，大家一致認為是入戲太深的緣故。

直到此時，宋知一才正對上肖念的目光。

可是，肖念什麼也看不透，宋知一身上彷彿有一層迷霧籠罩著，即使想伸手撥開，也無能為力。

「你來到這裡，沒有選擇跟林衡一樣的路。」

這話聽起來像指責，肖念不禁想，今天真是犯了很多面談大忌，他都想替老闆開除自己了。

「你說。」

「我尊重你的決定，也無權干涉，但是我有一個請求……對於『演員宋知一』的請求。」

「我……曾經因為你演的戲，決定活下去。我想好好送你走，讓我幫你完成一個心願，一個就好，不管要做什麼。」

宋知一珍惜粉絲是出了名的事，他對粉絲相當好。而肖念利用了這點，提出了要

求。明知道這樣是不對的、自私的，他卻阻止不了自己。

他強忍心中翻攪的情緒，一會有如刀割，一下恍若針刺，刺骨生疼。他好像要犯病了，呼吸隱約變得急促。

「我知道。」

忽然，宋知一輕輕的一句話，無聲無息地把他從懸崖邊溫柔地拉回。

「我會考慮肖醫師說的話，我有點累了。面談改天再說，請肖醫師先離開吧。」

肖念喉間一緊，這下，他成了強人所難的糟糕粉絲。即使宋知一答應他的無理要求，短期內八成也不想再看到他，下次面談恐怕會要求換人。

他嘆了一口氣，沒關係，這個鍋他可以背。

三個月，有機會改變很多事情，甚至是一個堅持已久的念頭。他不是沒遇過一開始死意堅決，最後卻笑著跟親人一起離開永生的人。

沒有真正斷氣前，一切都還有救。

回想起昨天的事，肖念總覺得要當面道歉比較妥當。

肖念緩緩起身，點頭示意後準備離開。他忽然想起一件事，問道：「宋先生的保鑣不在嗎？」他以為保鑣應該時刻守在雇主身邊。

宋知一淡淡地說：「他晚上才會出現。」

雖然有點古怪，但那是人家的員工，肖念也不好意思多問。他點點頭，先行離開。

第一章

宋知一透過落地窗看著肖念逐漸走遠。相隔不到幾分鐘，就見徐海帆開車抵達。

他提著兩個大袋子直奔二樓，「剛剛那是永生的醫生？」

「這種偏僻地方，居然還能聘到這麼帥的醫生！那張臉沒有去當藝人太可惜了，經紀人我來處理！不是說會給心願清單？別浪費難得的人才，你列一條，說希望他去當藝人，啊！」

「嗯。」

宋知一冷冷瞥了他一眼。

「你這眼神──」

「他是粉絲。」言下之意，不要亂開玩笑，會惹上真麻煩。

徐海帆猛烈咳嗆，「你的？」

宋知一又看了他一眼，「難道你的？」

「算了，我不跟你計較。」徐海帆放好東西，餘光瞥到桌上那張心願清單，隨口一說：「你如果不想在這件事上著墨太多，做做樣子留個影像也行，我替你回絕，省得他們三天兩頭派人來問。」

宋知一伸手拿起那張紙，「不用。」

徐海帆的瞳孔瞪大，有些不敢置信，「那醫師這麼厲害，說沒幾句話就讓你轉性了？」

以他對宋知一的了解，這個人早已沒有任何想幹的事情。要不是吃喝拉撒睡是用來維持基本生命的需求，估計他也不會幹。

「他剛剛說什麼了？」徐海帆認真好奇。

宋知一控制輪椅側過身，擺明不想回答。

徐海帆咋舌，心想他不說，他可以自己去問。

「對了，之後的面談或是相關手續……」宋知一腦中竄過那張帶著哀求的俊秀面容，雙唇微微抿起。

他垂首盯著放在腿上的空白列表，目光中隱含令人猜不透的思緒，「都由那位醫師負責。其他人，不用了。」

徐海帆震驚得有如天打雷劈。

一個專門送人上路的醫生，能否拽回這個堅決卡在鬼門關前的人？他拭目以待。

第二章

下午，凱文一進入公共休閒區域，就看見無精打采的肖念坐在沙發上，露出懊惱神色。

這天是難得的甜點日，直到收攤前，肖念都沒出現。凱文被一大堆女性圍繞著，感覺雖然很讚，可是她們句句都在關心「肖醫師怎麼沒來」，心情分數大打折扣。

「肖，你中邪啊？不吃點心，躲到這裡鬧失蹤？」

肖念倒臥在沙發上，有氣無力地喃喃：「我完了⋯⋯」

凱文彎下腰，「啊？你說什麼？」

肖念一臉生無可戀，「我這次面談表現可以說是負分，瑪麗組長要是知道，八成會想開除我。」

凱文湛藍的眼睛中充滿疑惑，「怎麼會？我聽說那位宋先生很滿意你，還指定你作為他的主要面談者，以後我跟瑪麗醫師都不用去了。」

聞言，肖念當機了一秒鐘，猛然跳起身用力掐住凱文的手臂，「你說什麼？」

「痛痛痛——」凱文掙脫魔爪,用看神經病一樣的眼神盯著肖念,心想失去理智的粉絲真可怕。他接著說:「好話不說第二遍,宋先生已經列好清單,你自己跟他約時間去拿!」

一說完,凱文就跑了,獨留肖念杵在原地發愣。

三天後,肖念硬著頭皮按下宋知一住處的門鈴,門再度自動彈開。他深邃的眼看著微微敞開的門扉,心境不由得變得微妙。

二度碰面,肖念的緊張感更勝上次,反觀宋知一態度依舊不冷不熱,距離感十足。

「宋先生,你⋯⋯」肖念不敢抬頭和宋知一四目相接,「列清單的速度很快。」

他努力地讓說話的語氣聽來平和專業,可說出口的話,卻像失了專業素養的廢話,他懊惱地希望有人能搖醒他。

宋知一不疾不徐,伸長了手推過夾板,「肖醫師先看看吧。」

肖念伸手接過的動作,露出了手推過夾板上的皮革手環,宋知一淡淡地瞥了一眼,忽然開啟話題,「你的手環很特別。我沒認錯的話,那是R牌的獨家訂製款。推出『不朽』系列的設計師,手工打造的每個手環,都是獨一無二,世界上找不到相同的款式。」

聞言,肖念的手僵了一下,下意識用衣袖遮擋住手腕,眼神閃避,「抱歉,我不

第二章

清楚手環的由來。這是一個很重要的人送我的，所以我很珍惜。」

「重要的人？」宋知一壓下稍有變化的語調，佯裝平穩。不是相當熟稔他的人，幾乎聽不出差別。

肖念不希望焦點鎖定在自己身上，假裝沒聽見對方的問話，低頭掃視資料。殊不知，才看見第一項就傻眼。

「請肖醫師選一部最喜歡的電影跟我一起看。」

心願清單一面大抵能寫十項，願望並沒有數量上限。宋知一從第一項洋洋灑灑地寫到第七項，全是「請肖醫師」開頭，做一件平凡到不能再平凡的小事情，最後三項則僅僅列出標號，後面留白尚未填寫。他字跡剛勁有力，一橫一豎都有獨特的藝術感。

看到對方寫下的清單，饒是身為專業人員的肖念，此時也忍不住眼角微抽。這一刻，印象中的高冷偶像，彷彿有點人設崩塌。

「宋先生，你這清單⋯⋯」

「不行嗎？」宋知一的語氣有點無辜。

「是沒有不行⋯⋯」肖念頓了頓，覺得特別難為情，「但為什麼是我選？」

怎麼會有人把自己所有的願望，交給另一個不太熟識的人做抉擇？他不是傻瓜，他知道這不是宋知一真心的願望，更像為了應付煩人要求，迫不得已才寫下的交差了事。

「你似乎不相信這是我的心願。」宋知一直接地說：「肖醫師，我本來就不打算做這些，是聽了你的話才寫下這些要求。清單確實是為你列的，作為我給予你的回報。不為別的，只因為你是認真欣賞我作品的人。希望你可以陪我完成每一項。」

肖念抿緊下唇，思緒平穩後才點點頭，「我知道了。」他再看了宋知一眼，「那最後三項是⋯⋯」

「由肖醫師來決定。」

「我？」

宋知一輕點了頭，「是，我決定了前面幾項，最後三件事，我給肖醫師選擇權，你可以想想有什麼希望我為你做的。前提是，這些事必須是我力所能及，且合乎我意願的。」

他特意強調最後幾個字，暗示著不可能要求他放棄人工自殺。肖念神色茫然，

「為什麼⋯⋯」

「如果說，前面七項是報答，最後三項，你可以當作是粉絲福利。」宋知一停頓幾秒，接著說出既溫和又殘忍的話：「畢竟，你是要送我走的人。」

這時，肖念才深刻體會凱文叫他別參與的原因——牽扯越深，越是難以抽離。

濃長眼睫微微垂下，肖念深吸一口氣，抬頭擠出一個帶著暖意的笑容，「我懂了，這張清單，我會帶回去好好想一想。那今天先到這裡，我先離開了，宋先生好好休息。」

他起身離開後，躲在更衣間的徐海帆邁步走出，表情有些複雜，「知一，你真的要這樣做？」

他沒來由地為肖念感到不值，偶像的死意堅決，對粉絲來說，這是多大的折磨。

宋知一偏過頭，「海帆，幫我查查肖念的背景資料，我有些事情想確認。」

徐海帆「哼」了一聲，「這種事也叫我幹？亞歷斯那傢伙不是號稱上知天文、下知地理，想查國家元首有幾顆痔瘡都可以？」

宋知一狀似認真思考後，淡淡地答：「也對，你查的八成沒有亞歷斯齊全。」

徐海帆聽聞拳頭都拎起來了，他搖了搖頭，算了，人之將死，管他其言善不善，退一步就能海闊天空。

★

肖念坐在辦公桌前，原子筆蓋輕點在第一項，來回持續了至少二十次。

「電影⋯⋯」他的動作一頓，在這句話後落筆。

類似的願望他很常見，只不過一般人會要求的對象，大多是家人或伴侶，還真沒見過要醫師陪看的個案。

通常，肖念會邀請個案主動離開居所、轉移注意力，或參加機構內固定舉辦的社交活動。人要是總關在一個地方，憋都會憋死，尤其是求生意志相當薄弱的人。

於是，肖念向宋知一提議到機構內的公設場館，裡面有專屬視聽室，然而，宋知一相當貫徹他自己的路。

身穿一套米色休閒服裝的肖念，緊盯著緊閉的門扉，接著低頭望了一眼手中的光碟盒。

那道門像是感應到他的到來，自動跳開。他邁步上了二樓，走入有安裝視聽設備的開放式書房。

宋知一早已放下窗簾和拉門，投影機打出的亮光，是房間裡唯一的光源。

他靠在窗簾緊掩的牆邊，視線彷彿能夠穿透那層不透光的黑布直達外頭。

「宋先生，我⋯⋯」

宋知一回過頭，比向一旁的沙發，輕聲回應：「請坐。」

肖念四肢僵硬，走起路來有些同手同腳。坐在仰慕已久的偶像旁邊，不緊張到腦袋一片空白的人，絕對不是粉絲。

第二章

他的雙手微微顫抖，好不容易才打開光碟盒，將光碟片放入筆記型電腦。幸好，周遭昏暗得看不出他的忐忑。

他操控著滑鼠準備點開資料夾，不斷抖動的游標透過投影放大，十分顯眼。他裝沒事地說：「咳，現在的操控真靈敏。」

宋知一適時別開目光，「嗯，科技日新月異，很多令人意想不到的事情，現在都辦得到了。」

他很清楚怎麼給別人台階下，沒有戳破肖念，還順勢聊起天。他自然的應對進退，使肖念逐漸冷靜，手指受控地開啟影片。

片頭一播放，宋知一表面不動聲色，可瀏海遮住的雙瞳卻驀然瞪大了點。

「宋先生看過嗎？這部《病房》是十四年前的電影了。」

肖念這麼問，多少給彼此留了點空間。

參考宋知一過往的專訪，他很少提及看過的影視作品，不過，既然是演員，肖念暗自猜測，他應該看過很多作品，以揣摩不同角色的心境。

「你為什麼選這部？」

「嗯？」肖念偏過頭，說了幾個印象深刻的場景。

這部電影他看了無數次，劇情走向跟台詞都有印象。話匣子一打開，氛圍不再拘謹，肖念轉而談起主角，「宋先生，你是不是何丞予的粉絲？」

在十幾年前，何丞予紅遍大街小巷，即使是現在，仍有極大影響力。他除了是三金影帝，還有驚人的連貫紀錄，從平凡路人到資深演員，幾乎沒有人不認識他。

在《病房》裡，飾演主角的就是何丞予。他飾演一名急診醫師，從小小的急診室，展開了許多感人肺腑的故事。這是何丞予的巔峰作品之一，他靠著這部電影拿了一座影帝。

可惜的是，何丞予從影十年，在獲得極大成就後，突然就淡出演藝圈。後來再聽到何丞予的消息，不是因病過世的傳言，就是他在國外置產，過著退休生活的謠傳。

也有人說，他和圈外人結婚了，過著環遊世界的悠閒生活。

消息真真假假，四處流竄，始終沒有任何一項被證實，原因在於，他相當隱密低調，大家只能猜測，當作茶餘飯後的閒談。

不過，這些猜測中，其實有一個正確答案──何丞予死了，就在永生。

肖念會知道這件事，純屬意外。他在整理ＶＩＰ個案資料時，不小心看見了何丞予的資料。即便十分震驚，他也不能隨意往外說，這是他身為醫療人員的倫理。

然而，肖念也發現，何丞予的人生歷程，跟眼前的宋知一如此相似。

「沒有人不尊敬他。」宋知一的回答相當官方。

肖念看著電影，下意識彎曲雙膝，把下巴靠在膝上，喃喃地說：「你對他的尊敬和別人不一樣。我不知道你有沒有發現到⋯⋯你們很像。我指的不是長相。」

第二章

「哪裡像？」宋知一語氣一揚，彷彿被挑起興趣。

「他的作品不少，其中有幾個特別出名且獲獎無數的作品，有相似之處。我有好幾度覺得……你是不是在追著他的腳步走？如果是巧合，那真的很不可思議；如果不是，那你肯定對他很熟悉。」

這些巧合是肖念無意間發現的。某天，他仔細審視宋知一的影視作品，發現風格跟何丞予過往的作品有相似之處。例如，他們都演過殘疾人士，即使故事走向和導演風格截然不同，角色的特點與揣摩出的細節，重合度高得令人感到不可思議。

那宋知一知道何丞予已經死了嗎？肖念想了想，最後沒有問出口。電影總算到了尾聲，可兩人的心思早已不在螢幕上。

「知一，你在裡面嗎？」

此時，外頭傳來呼喊聲，宋知一還來不及回答，門就被推開。光線透入的瞬間，肖念看清宋知一臉上的表情，他霎時愣住。

這張俊美無比的面容，褪去了往日光環，猶如一個歷經諸多滄桑、失去了一生珍寶的普通人。即使再多的亮光照在他身上，也洗不清他一身的疲倦。

「咦？肖醫師也在？」徐海帆反射性地把手上的資料藏在身後。本尊就在面前，他臉皮可沒那麼厚，敢在當事人面前掀人家老底。

「我陪宋先生看部電影。」他神情略微窘迫地說。接著站起身，禮貌地打完招呼

徐海帆沒留人，逕自打開電燈開關，遞過資料，「你要的資料。看不出來，肖醫師過得挺慘的。」

宋知一已然恢復冷漠神色。他伸手接下，視線定在第一欄位——無家庭成員，父母雙亡。

他還沒來得及開口問徐海帆，往下看便有了解釋。

肖父是一名戰地醫師。因為一起醫療糾紛，患者家屬不滿，蓄意開車衝撞肖父。他傷勢過重、失血過多，最後成了植物人，而肖母不堪照顧壓力，將丈夫活活悶死後，在家割腕自殺。

從此，肖念孤單一人，活到了今天。

★

回到住所後，肖念又開始懊悔。

他一頭熱說了許多可能讓對方感到不舒服的話，聊到最後，宋知一甚至連個點頭回應都沒有。

他單手托腮，呆坐在電腦前，忽然響起的通訊軟體通知聲，拉回了他的神智。

第二章

點開一看，是某位個案的討論群組。他是參與人員之一，主責醫師是凱文。

「凱文醫師，要麻煩你準備楊女士的最後流程。對了，她有事情想跟肖醫師討論喔！」

肖念看見訊息，呼吸一頓，想也不想地拿起隨身物品，忙不迭地騎車出門。

他出門的路線會經過宋知一的住處，他刻意撇開頭，壓抑下想探究那棟洋房的好奇心。

殊不知，他的行為被二樓的人們盡收眼底。

「肖醫師看起來挺忙的啊！一下子陪你看電影，一下又趕著出門。」徐海帆一邊啃著生黃瓜，一邊看著騎腳踏車遠去的背影。

宋知一恢復一貫的沉默寡言，拉上窗簾，熟練地操控輪椅離開房間。見狀，徐海帆無奈一嘆，安靜跟上。

停好腳踏車後，肖念深吸了好幾口氣才按響門鈴。

一位身形佝僂的老太太打開門，「是肖醫師啊？進來吧。」歲月在她臉上留下鮮明痕跡，但她仍然笑容可掬，親切和善。

她緩慢走往客廳，肖念邁步跟上，體貼地攙扶她坐下。遲疑了片刻，他才開口：

「我剛剛接到通知了。」

聞言，楊女士沒有特殊反應，依舊面帶微笑，「你看看你，都出了一身汗，肯定是急著過來吧？來，喝杯水。」

肖念從她的手中接過水杯，相觸的掌心溫熱，但再過幾天，眼前的老太太就會陷入深沉的睡眠，軀體逐漸變得冰冷。

他不是第一次面對這種場面，可人心是肉做的，心臟甚至偏一邊，他對楊女士有不同於其他人的感情。

這是他們在永生相遇後，藏在彼此心中的祕密。

楊女士的瞳孔透澈明亮，「肖醫師，我的最後一個願望，今天晚上來完成吧？請你做一頓晚餐給我吃吧！大家都稱讚你的手藝很好，我很期待。」

肖念努力忽視內心的酸楚，展露出最溫暖人心的笑容，「沒問題。我今天放假，不然我們一起去買您喜歡吃的食材吧？」

楊女士同意了，於是肖念打電話叫車，決定到離機構最近的量販店採購。考慮到楊女士的體力不太好，肖念還貼心地帶了輪椅出門。

他推著輪椅穿梭在食材區，細心詢問楊女士喜歡吃的食物，而楊女士笑開懷，眼神裡是藏不住的躍躍欲試。在旁人眼中，他們溫馨的互動，猶如一對感情深厚的祖孫。

忽然，一個中年男人直直衝來，活像看見仇人一樣怒氣沖沖地大罵：「死老太婆，今天總算給我遇上了！」

肖念眼明手快地擋在前面，俊秀面容難得露出嚴肅神色，「先生，請您冷靜！」

「你誰啊你！」男人眼睛驀然瞪大，語氣不屑，「哦！你是那裡的醫師，我記得！怎麼？她是不是給了你一大筆錢？老子提醒你，我才是她的親生兒子！把你們昧著良心收的錢都給我還回來！」

肖念眉頭緊鎖，家家有本難念的經，遇上這種人，有理都說不清。

吵鬧爭執聲來周遭顧客關切，甚至有人拿起手機錄影。楊女士嘆了一口氣，「你不要鬧了，我已經委託律師全權處理。我不會給你錢，就算我死了，你也拿不到半毛。」

聽見楊女士的話，男人更加暴躁，「我是妳唯一的兒子！有妳這樣狠心的母親嗎？這些人到底給妳灌了什麼迷湯？不要命就算了，還給人家數錢！」他越罵越難聽，眾人也跟著指指點點，議論紛紛。

肖念拿起手機正想報警，對方用力一扯，恰好拉住他的手環，他瞳孔一縮，下意識就將人過肩摔。

「唉呀——殺人啦！這男的要殺我！他還想殺了我媽！他是殺人凶手！」

肖念單手牢牢攥緊他的衣領，怒氣翻湧而上。此時，一隻手輕輕碰上他凝滯在空

揚眸和楊女士對視的瞬間，肖念渾身的緊繃頓時鬆懈，只剩下一股沒來由的空虛感。

「你不是我兒子，我兒子早死了。小念，我們走吧。」

肖念鬆開手，站起身，推動輪椅默默轉身。背後的怒罵聲不斷，他卻充耳不聞，上了計程車，肖念第一時間在工作群組裡回報衝突事件。若後續對方打算提告，機構也有所準備。

楊女士輕輕拍了拍他的肩膀，安撫道：「沒事的、沒事的。」明明受到傷害的是她，她卻反過來安慰肖念，「所有文件，都是我在清醒狀態下自主簽署的。小念，你明白嗎？」

肖念的頭仍舊低低的，像是個做錯事的無助小孩，「我知道，楊阿姨。」

「時間過得很快，你已經是個獨當一面的大人了。雖然這話有點不適合，但我常常會想……如果你真的是我兒子就好了。不過做人哪，不能太自私，你父母一定也以你為榮，我不能跟他們搶。」

肖念的唇角微微勾起，抬起頭，「我已經想好待會要做什麼菜了，您可以好好期待。」

他整理好情緒，看不出絲毫破綻。

「是嗎？」楊女士也笑了，「那真是太好了。」

楊女士住的地方沒有料理工具,所以肖念帶她回自己的住處。沒想到,居然在門口碰見宋知一跟徐海帆。

「嗨,肖醫師。」徐海帆裝熟,充滿活力地揮了揮手,用熱情掩飾尷尬。

「你們……」肖念面露詫異。

楊女士見過大風大浪,對陌生人也相當有包容心,親切地問:「兩位要不要一起用餐?」

三人之中,居然是宋知一率先點頭,並優雅有禮地道謝。肖念沒有反對,想著這也是另一種形式的病友團體。

參加晚餐團體的四人中,輪椅席就占了兩名,還有一人擺出坐著等吃的模樣,肯定沒進過廚房,於是,肖念便自動自發地挽起衣袖,準備起食材。

開放式廚房能夠看見他做菜的所有過程,刀工流暢、動作俐落,加上那張賞心悅目的臉,可以說得上是一場另類的精采表演。

自來熟的徐海帆,很快就跟楊女士聊起來。楊女士直白地表示,她是永生的個案,明天就要離開了。

她說的「離開」是哪種形式,大家都心知肚明。

「呵呵,你說話真有趣。」楊女士被徐海帆的幽默逗得合不攏嘴。

閒聊了一陣,徐海帆才老實說出前來的目的。

不久前，他通過社群軟體看見有人上傳在賣場的衝突畫面，仔細一看，發現是肖念，他們出於擔心，才特地過來看看狀況。

楊女士倒也不避諱，才特地過來看看狀況。

「給你們看笑話了。其實，我從不指望兒子成為什麼了不起的人，起碼，得是個感恩的人。但是，就連我先生快走了，他也還在賭博，甚至因為輸得太慘，怕討債人找上門，四處躲藏……」

她嘆了一口氣，神色流露出惋惜和感傷，更多的是看開和放下，「最後，我先生的葬禮上不見他的人，我獨自看著我先生的遺照，流淚送他離開。那時候我就知道，當她發現生命所剩不長，死在不切實際的幻想裡。」

我用心疼愛的兒子死了，死在不切實際的幻想裡。」

她發現生命所剩不長，早已決定什麼都不要留給他。她賣掉了所有房地產，過了一段隨心所欲的開懷生活，同時跟永生接洽並提出申請，後續有關繼承的問題，都委任律師全權處理。

「以前我先生多疼我？他根本捨不得看我難過。他走了之後啊……丟下我孤伶伶的一個。」她露出如小女孩般的頑皮神情，半開玩笑地抱怨，「真不習慣。」邊說，她拿出隨身攜帶的照片遞給徐海帆，說起兩人的愛情故事。

專心做菜的肖念，看似沒有聽見這些話，可是從他始終繃緊的肩線可以知道，他其實也在聆聽。

見肖念差不多在收尾了，宋知一瞪了一眼徐海帆，他立即心領神會，站起身去幫忙端盤子。身為在場的雙腳有力人士，他也不好意思坐著等吃。

「哇，肖醫師，你這個廚藝，怎麼不去開餐廳啊？」

肖念淡淡一笑，「興趣而已。」

每人一道主菜，加上兩道擺盤精緻的配菜，色香味俱全。

看著楊女士開心的笑靨，肖念想，她現在應該不會感到孤單了吧？人類太需要陪伴了，他要好好陪著她走完最後一程。

氣氛溫馨愉快，用完餐後，徐海帆因為工作先行離開，肖念便擔起安全護送兩人回去的職責。

「我上樓換件衣服，楊女士，您稍等我一下。」按照長幼有序與距離遠近，肖念打算先送她回去。

其實，機構內鋪了方便電動輪椅通行的柏油道路，宋知一自己回去也不成問題。然而，有著強烈責任心的肖念，還是開口挽留他，幸好，對方答應了。

楊女士笑著對宋知一道：「他是個溫柔的好孩子。他曾跟我說過他很喜歡你。」

宋知一愣了一瞬，對上那雙溫和且蘊含智慧的眼睛。

「我以前就認識他了，那時候他還是大學生⋯⋯」

某天，楊女士經過一間餐廳的後門，看見一道纖瘦身影蹲靠在牆角，手裡抱著一

本醫學用書，面容疲倦地熟睡。

外面天寒地凍，這場景令人心生不忍，她拿下披在肩上的灰色圍巾，溫柔地蓋在他身上，便離開了。

肖念醒過來時，並沒有看見圍巾的主人，他默默抱著那條圍巾，把臉埋在溫熱的觸感裡，半晌沒有說話。

週末向來是餐廳最忙的時候，因外場人手不足，肖念便幫忙送餐。

服務生剛放下餐盤，楊女士就說：「啊，是你。下次累了，就回家睡覺。感冒的話，父母會擔心的。」

聞言，肖念一愣，想起了那條灰色圍巾。

從那天起，楊女士光顧餐廳時，會多點一份當日甜點給肖念，而肖念空閒時也會跟夫妻倆聊天、分享生活。他們的互動猶如真正的親人。

素昧平生的幾人，卻因楊女士的善舉，成了於彼此而言特殊的存在。肖念不知道她去了哪裡，直到今天，他才得到答案。

好景不常，楊女士無預警消失，再也沒有光顧餐廳。

楊女士感傷地說：「我沒想到會在這裡遇見他，最後的路⋯⋯還讓他來送，我知

道他一定很難過。可是，既然要死，我想乾乾淨淨地走。」她顫顫巍巍地伸出手，眼中隱隱含淚，「宋先生，明天……等我走後，你可以來陪陪他嗎？」

宋知一眼眸低垂，伸手回握，「沒問題，我會陪他。」

她抹去眼角的淚水，「謝謝你，真的。」

將楊女士送回去後，肖念返回住處接送宋知一，他已在門口等候。

肖念循著對方的視線，看向沒有受到光害的璀璨夜空，數以萬計的群星閃耀，猶如一幅令人移不開視線的動態美景。

「宋先生，我送你回去吧。」

「嗯？」

「你可以叫我的名字。」

「宋先生，」突然的允准讓肖念面露錯愕，但他很快恢復冷靜，「呃，我還是叫你宋先生吧。」

稱呼的改變代表關係的轉動，因此即使熟識，肖念也總與個案保持禮貌性稱呼，這是他的防禦機制，不改變關係，日後受的傷會少一點。

宋知一換個切入點，「那我可以喊你的名字？」

肖念一愣，這提議不太好拒絕，畢竟和個案保持良好互動、建立信任感，是很重要的。

他不懂宋知一的態度為什麼突然轉變,不過這個糾結很快被沖散,因為日出再度來臨,他要親自去送某人最後一程。

主責醫師是凱文,肖念仍舊提出想親手送去藥劑的要求。

為了避免爭議,實行過程需要三人以上在場。他提著要送給楊女士的臨別禮物,和隨行的兩位同事,一同走進布置溫馨的粉色調房間。

此時,楊女士神采奕奕地坐在沙發上,陽光透進屋內,灑在她瘦小身軀上,暖色調的光線,使她散發出十分溫暖的氣質。

肖念放下托盤,介紹起藥物作用。說明完畢後,他輕聲道:「這是我最愛吃的巧克力,可以幫您沖淡苦味。」

楊女士親切一笑,「謝謝你這麼體貼。肖醫師,在喝之前,我可以單獨跟你說說話嗎?」

見肖念點頭,其他兩位同仁默默退出房。

「小念,阿姨要走了。」她的語聲帶有些許哽咽,可是笑容仍然溫柔。蒼老的手輕輕覆上肖念的手背,「本來以為要孤孤單單地走,沒想到上天眷顧,讓我在這裡碰到你,阿姨覺得很幸福。」

肖念抿緊雙唇,神色鎮定。他提醒自己,見過了太多生離死別,他一定忍得住。

「阿姨相信⋯⋯總有一天,你會遇見一個很愛、很愛你的人。你一定要等到那一

第二章

天,知道嗎?」她勸不了他離開永生,只能勸他等待。

「我知道。」他又喃喃念了一次:「我知道。」

肖念從他帶來的提袋裡,拿出那條保存完好的灰色圍巾。見狀,楊女士一愣,流下了欣慰的眼淚。

他將圍巾溫柔地圍上她的脖子,露出一個好看的笑容,「在那個寒冷的冬天,非常謝謝您給了我溫暖。」笑裡有一絲不捨。

在那幾乎看不見希望的黑暗中,她給了他一盞微弱的明燈,指引他繼續向前。

楊阿姨,一路好走。他在心中默默地吐了句。

敲門聲再度響起,所有相關人員進屋。

楊女士舉起玻璃杯,態度從容,「Cheers。」接著,毫不猶豫一飲而盡。

「真的好苦啊。」她迫不及待含住一塊巧克力,踏著緩慢步伐走到床邊,像個準備入睡的小女孩般。

藥效很快發揮作用,她用盡最後一絲力氣睜著眼睛,深深凝望站在床邊的肖念。視線模糊之間,恍若有道人影逐漸靠近。她看見了這輩子最深愛的人,展露熟悉的明豔笑顏來迎接她。

「親愛的⋯⋯」

幾分鐘後,她再也沒有開口。唇角微微勾起,看似十分安然幸福。她完成了這一

肖念深吸一口氣，微微彎腰，在仍有餘溫的額間輕輕一吻，低聲說：「晚安，楊女士。」

確認狀態並宣告死亡時間後，負責葬儀的工作人員進入房間，接手處理大體。肖念站在一旁默默看著，始終不發一語。每當這個時候，他總會這樣。

每個人緩解心情的方式不同，同事們很有默契地不打擾肖念，讓他好好調適心緒，再接著處理下一個個案。

這天，肖念在早已空無一人的房間，從白天待到夕陽西下。

久違的沉重感席捲全身，毫無預警。他呼出一口長氣，明明什麼勞力都沒做，只是端了一杯藥劑，怎麼會如此疲累呢？

他以為早已習慣了離別，原來只是一廂情願。

他失魂落魄地回到住處，打開冰箱拿出了好幾瓶啤酒，一口接一口，不要命般地猛灌，彷彿給身體的刺激越強，越能忽略潛藏在內心深處的東西。

在酒精的瘋狂攻擊下，理智漸漸喪失，他搖搖晃晃起身，踢開地上的玻璃罐，依循本能驅使，往宋知一的住處走去。

好不容易抵達目的地，他發瘋般大力拍門，「宋知一！你給我出來！」

掌心拍得通紅，他不管不顧又抬起手，然而，有人早已開了門，力道來不及收

回，他向前撲，落入一個溫暖懷抱中。

突如其來的撞擊力道，讓對方發出一聲悶哼。

「嗯？」屋中一片漆黑，肖念用力眨眨眼想看清楚，無奈酒精使視線難以聚焦，他試圖穩住搖晃的身體，雙手驀然貼上對方的臉頰，微微瞇起通紅的眼睛。還是看不清楚，他點了一下腦袋，「宋知一？」

對方沉聲回答：「你醉了。」

「我沒醉——」他突然反應過來，自動反駁，「不對，你不是宋知一那個混蛋！他又不能走，哪能比我高？」

鑕……你真的醉了。」正常的肖念絕對不會罵人混蛋。

男人嘗試拉開貼在頰側的手，沒想到比章魚吸盤黏得還緊，「我是宋先生的保肖念持續否認，「我沒有，我清醒得很！」

他嘆了一口氣，「我帶你去房間休息。」

「不要！我要找宋知一，他在哪裡？」

喝醉的人無理取鬧起來，簡直勢不可擋。男人搖了搖頭，「宋先生休息了，你太大聲會吵到他。」

「我不管！你叫他出來。我要問他，為什麼要放棄一切去死？」他的語氣變得委屈脆弱，「我都忍住沒尋死了，他憑什麼丟下一切，打算逃離這世界？」

男人一手環抱住肖念避免跌倒，另一手拉下力道越來越大的章魚爪。然而，接下的幾句話，使他的動作不禁停頓。

「為什麼丟下我一個人？為什麼我回家了……你們都走了……」肖念的聲音越來越小，最後完全消弱，頭無力地靠在對方頸間。

失去支撐的手本該往下墜，男人卻牢牢握住。沉默半晌，他微微彎腰抱起不省人事的肖念，步伐穩健往樓上走去。

★

隔天，肖念眼睛都還沒睜開，一陣痛感席捲頭部，宿醉逼迫他清醒。

他的記憶斷在回家打開冰箱的瞬間，接下來發生了什麼事，他完全沒有印象，猶如一張毫無痕跡的白紙。

身下柔軟的觸感，顯然是張大床。他想，原來他喝得爛醉，還是存在爬上床睡覺的本能。

思考頓了幾秒鐘，他猛然坐起身，疑惑湧上心頭。不對，他的床不是這個硬度。

他又甩了甩頭，按壓隱隱作疼的太陽穴，垂眸看了一眼身上陌生的寬鬆衣服，表情凝滯。

第二章

他忍著頭暈不適，觀望四周擺設，不看還好，一看驀然背後發涼——完了，他不只闖到別人家，還闖出禍了。

說時遲，那時快，房門被推開，戴著黑色口罩的宋知一，單手端著水壺，另一手操控電動輪椅進房。他把水壺放在床邊小桌，語調平淡，「喝點水吧，還有頭痛藥。」

看見放在水壺旁的全新普拿疼，肖念真想原地昏死。

「保鑣抱你上來的。我讓他幫你清潔了一下，換上乾淨衣服。客房沒整理，就讓你睡這。」

「我、昨天……」

「沒事，這張雙人床夠大，我不介意。」宋知一的語聲帶著難以察覺的溫柔，「楊女士跟我說，你會需要人陪。」

聞言，肖念倏然睜開眼。回想起昨天與她道別的過程，他緩緩放下手，轉頭看向宋知一，神色有點茫然，「你願意陪我？」

聽完他的解釋，肖念慚愧地閉眼扶額，不敢看他一眼。

宋知一想都沒想地直言，「你需要的話。」

肖念被這句話弄得耳根一熱，掀開棉被，想趕緊回住處，無奈身體在酒精大肆摧殘後還使不上力，不僅狼狽地滾下床，還好死不死地趴在宋知一的腿上。

就算隔著厚重毛毯，和偶像如此近距離接觸，帶來的衝擊力，不論肉體還是心理都很強大。

他暗罵，到底要丟臉幾次，老天爺才會放過他？

沒想到，一隻手輕輕拍了拍他的頭，「累了就休息，沒人會怪你。」

本來想掙扎起身的肖念不動了，像失去力氣的布娃娃般，癱倒在宋知一身上。他卸下一層層偽裝，放任自己突如其來的軟弱四處流竄。

他的聲音悶悶的，「我不想她走。」他接著說：「但我阻止不了她。」

肖念強迫自己離開這個充滿溫柔假象的避風港，重新架起防禦，「就像⋯⋯我也阻止不了你一樣。」

他們都清楚，這個決定會讓留下來的人難受痛苦，可仍義無反顧。

肖念深呼吸後，腦袋又清醒了一點，驚覺又脫離本職軌道，他低著頭說：「抱歉，這不是我該對你說的話。」他匆匆轉移話題，「對了，我昨天應該沒破壞什麼東西吧？或是說了什麼奇怪的話⋯⋯」

關於那位保鑣的事，宋知一沒多提，但肖念依稀覺得自己好像幹了些蠢事，無奈腦袋一片空白。他告訴自己，下次絕對不可以再喝到斷片了。

宋知一沒有正面回答他的問題，「你的同事有打電話找你，我說你身體不舒服，請病假。」

第二章

這是肖念進入永生工作以來，第一次請病假，還不是他主動提出的，工作群組裡一定傳得沸沸揚揚！

他面如死灰地拿出電量僅剩百分之十的手機，鼓起勇氣打開通話記錄——十幾通未接來電，其中一半是凱文。最後一次來電有顯示通話時間，是宋知一親口回覆的證據。

天底下最尷尬又荒謬的事情，莫過於在闖禍後，還讓偶像收拾爛攤子。

「都請病假了，要不然，我們來做心願清單。」

聞言，肖念俊秀的面容一滯，怎麼聽起來像小學生的作業，想到就可以來做一下？可他也不好意思拒絕，畢竟他脫序在先，權當補償。

他腦中思緒混亂，還在懺悔中，沒注意到對方的用詞從「我」改為「我們」。

宋知一問：「最後的三項，肖醫師想好了嗎？」

想起空白的三行，肖念心中一緊，正想搖頭，腦中突然竄過一個想法。他問了問自己，想起前天的晚餐是為了楊女士，這次，我想專門做給你。」

「做頓飯給家人吃」，是藏在肖念心中的一個無法達成的心願。他說：「前天的晚餐是為了楊女士，這次，我想專門做給你。」

「做頓飯給家人吃」，是可以的吧？一頓飯的時間而已，算不上貪心吧？

雖然宋知一在他的心裡不僅止於家人……

提出這個願望，假裝彼此是家人，是可以的吧？一頓飯的時間而已，算不上貪心吧？

宋知一點頭，「恰好第二項是請你陪我外出逛逛，剛好能一起完成。」

「呃，那我回去洗澡，換個衣服⋯⋯」

宋知一的手一比，「穿過客廳就可以看到浴室，更衣間在旁邊可以穿。」他頓了頓，又問：「還是需要我幫你搭配？」

「不、不用了！」肖念不好意思讓人家等，只好順著對方的話，選了一套看起來最普通的休閒服，快速盥洗。

按照官方資料，宋知一的身高有一百九十二公分，比肖念足足高了十公分。合身俐落的休閒服，穿在肖念身上，竟有種寬鬆的垂墜效果，帶來一絲慵懶氣息。

他吹乾頭髮，隨意撥了撥略長的瀏海，外貌年齡瞬間又減了好幾歲，活像個氣質乾淨溫和的大學生。

見宋知一目不轉睛地盯著自己，肖念猜不透對方的意思，抓了抓後頸說：「怎麼了？」

「以外表來說，你很適合當藝人。」宋知一又補充，「但個性不適合，會被欺負。」

肖念一愣，實在不知道這話是褒還是貶。

徐海帆有留一台車以備不時之需，正好現在能用。宋知一遞過車鑰匙給肖念。

出門前，肖念做足遮掩準備。雖然Ｚ國跟Ａ國距離十萬八千里，也難保會有人認出宋知一，放上社群媒體爆料引來麻煩。

準備得差不多了，上車前，肖念注意到，宋知一自決定出門的那刻到現在，全程配戴著口罩。

「宋先生，你身體不舒服嗎？」

宋知一搖頭，「沒事，臉上起疹子，過一陣子就會消了。」

「食物過敏嗎？」

「不是。」

宋知一顯然不想多談，肖念也不再多問，默默協助宋知一上車。他極少開車，幸好技術尚可，平安抵達賣場。

戴著墨鏡的宋知一，控制輪椅慢慢從車尾門下車，肖念立刻彎身替他戴上帽子。這副打扮加上許久沒有修剪的長髮，想必就連火眼金睛的狗仔都認不出來。

肖念寸步不離地跟在宋知一旁邊，逛到一半，他的目光被生鮮吸走，不由自主加快了腳步。

這時，前方湧來人潮，一隻手輕輕拉住了他的小指。一回首，宋知一眼神複雜的模樣映入眼簾，彷彿一個深深依賴人的小男孩。

肖念抿了抿唇，宋知一深怕被丟下，但其實，害怕被丟下的是他自己才對。

他沒有抽回手，任憑對方拉著，低聲詢問：「你喜歡吃什麼？」

「你做什麼，我就吃什麼。」

他說出的話，聽來像是擅長遷就的人，實際上，他的心智是鐵打的，極難撼動。既然得到批准，肖念就大肆按照自己的想法挑選，清一色是平凡又便宜的食材。比起大魚大肉，他更喜歡一吃就令人無比懷念的家常小菜。

以前肖念始終做不出母親的手藝，沒想到她不在後，他反而做得出回憶的口味。

兩人度過了一段悠閒安靜的下午時光，提著滿滿的食材返回住所。肖念動作熟練地料理著，不到半小時，一碗色香味俱全的麵食就完成了。他把成品端上桌，笑著對宋知一說：「請宋先生幫我評評分吧。」

宋知一做了十多年的演員，倒是頭一回評價美食。他深邃眼睛一掃，語氣平穩，

「外觀先給你滿分。」

肖念被他逗樂了，露出得意的笑臉。沒想到一碗簡單的雞蛋肉絲麵，居然還可以得到滿分。

他拉開椅子坐在宋知一身側，這時的宋知一總算脫下口罩。優雅用餐的俊美側臉，十分賞心悅目。

肖念跟著嘗了一口，沒變，是回憶的味道。

「很好吃，你跟誰學的？」

「我媽。」肖念脫口而出，爾後一頓，低下頭用筷子攪弄碗中的麵條，「她教我

的都是些家常菜,其他是我後來自學的。」

「那她很成功,因為你學得很好。」

聽見稱讚,除了欣喜,肖念心中也參雜了難以言喻的情緒。他轉移話題,「宋先生,徐先生是你的經紀人嗎?」

宋知一點頭示意。

「除了他,這段時間……會有其他家人來陪你嗎?」

「沒有。」

這個回答包含很多意思,可能是家屬不認同,所以不願意來,也可能是家屬怕承受不了,直到最後一刻才會出現,還有一類則是早已沒了親人,自己做自己的主。螢光幕前的宋知一從未提起家人過,肖念也不清楚他是屬於哪種。

「我本來想自己走完這段路。」他淡然回應,視線緩緩落在肖念身上,「但現在,我希望你可以陪我。」

肖念手一鬆,筷子掉在桌面,濺出幾滴湯水。他克制住嗓音不要顫抖,「為什麼?」

宋知一優雅地放下餐具,將嘴角擦拭乾淨,重新戴上口罩,輕輕地說:「你做的菜讓我有種熟悉的感覺,能吃到這個味道……我很開心。」略帶低沉的嗓音彷彿有種魔力,讓人不禁淪陷其中。

熟悉？以前宋知一吃過類似的味道嗎？是他家人做的？

肖念腦中竄出許多猜測，這時，宋知一又開口：「而且，我很喜歡跟你相處的感覺。」他投下了誘餌，「肖念，你想了解身為演員的我嗎？」淡然目光落在肖念戴著皮革手環的手腕，耐心地等待回答。

聞言，肖念睜大眼眸，透出不敢置信的神色。

不能怪他意志力薄弱，不管換作哪個粉絲，誰會狠心拒絕？

太不真實了，他現在就想給自己一巴掌，看看是不是在做夢。

尖刺勾著的餌在眼前晃動著，若他是一條聰明的魚，就會識相逃走。但他控制不住那顆受到誘惑的心，即使清楚魚鉤將會刺傷他，仍張口咬了上去。

哪怕遍體鱗傷。

第三章

翌日，肖念坐在電腦桌前記錄工作摘要。

他專心地敲打鍵盤，突然，有個人趴在他的辦公桌前，從電腦後探出頭，露出一個意味深長的表情。

一雙眼直直盯著螢幕，完全沒有分神，肖念神色鎮定地問：「怎麼了？」

「肖，這句話是我問你才對吧？」

細長十指停頓一秒，他繼續手上的動作，「我很忙。」

「你別想轉移話題，老實跟我說。你破天荒喝酒就算了，怎麼喝到宋知一那間屋子？」

纖長手指的力道沒控制住，一下打出了一整排不成文句的文字。他及時抽手止損，「我喝醉了才走錯間。」他這一刻才知道，原來自己也會睜眼說瞎話。

凱文瞇起眼睛，顯然不太相信，但他也講義氣地不再多問，「你不想說就算了，這件事情只有我知道，你放心！」

「謝了⋯⋯」肖念勉強從牙關裡擠出兩個字。

「我來是要跟你說正事。依照楊女士的遺願，她要進行海葬，骨灰會優先交給她兒子處理。」

雖然楊女士嘴上說「什麼都不會留給兒子」，卻還是立了這條遺囑。不過，人都走了，許多事情僅是活人在看而已。

「今天會有專人去找她兒子，如果她兒子不接，楊女士有指定，希望由你來完成。」

肖念不知道楊女士的遺囑細節，神色一頓，輕輕地答：「我知道了，沒問題。」他頓了頓，「肖，你進入永生工作三年了，我不知道勸你多少次了，看待個案，你最好置身事外，跟他們越熟悉，會越難受。有時候，這種難受可以用酒精麻痺，但不是次次管用。你這麼說並不是無情，只是懂得如何保護身心靈。他的話語中沒有責怪，然而緊鎖的眉目間透出一股無奈。

凱文比肖念資深許多，看過更多人的結局，其中有美好溫暖，也不乏慘澹孤單。

這些情緒都會在死亡當下隨之渲染而出，避無可避。

「嗯，我懂。凱文，謝謝你。」他深吸一口氣，「如果可以的話，我帶楊女士的

第三章

骨灰給他吧。」

凱文瞪大眼睛，「你確定？」

肖念把對方過肩摔的事，在永生內掀起一場騷動。對方跑來機構告，這消息還流竄到更高層去，甚至驚動了現任董事長。最後，董事長一聲令下，委任律師處理，雷聲大，雨點小，事情便不了了之。

「嗯，我那天太衝動了，打人就是不對，道歉是應該的。」

「肖，你有成為道德大師的風範，我深感佩服！」話鋒一轉，凱文歪頭問：「不過，何董事長怎麼會突然出手幫你？你該不會跟董事長有私交吧？」

「我怎麼可能會認識董事長？」他也覺得奇怪，不過，沒有受到任何懲處，倒也是一種幸運。他說：「聽說當時有人拍影片上傳到社群，或許董事長恰巧看見吧。」

何董事長鮮少出現在永生，有進機構也是一大群保鑣圍著，架式好比當紅明星。她為人十分低調，不輕易在媒體前曝光，身為基層員工的他們，對她的認識很有限，只知道何董事長是世界富豪榜排名靠前的大人物，有雄厚的財力資本買下一大片山坡地打造永生，揚名國際。

「也對。好吧，那這件事麻煩你這週內處理好，我才可以交結案報告。」

肖念點點頭，他也不想拖太久。

隔天，肖念按照楊女士提供的地址，找到男人的租屋處。

泛黃木門半掩，他沒有直接推開，而是輕輕敲響門板，雙手抱著酒瓶，趴倒在地的男人聽見聲音，吃力地抬起頭，喊道：「請問有人在嗎？」

他慢吞吞爬起身，扶著牆壁搖搖晃晃走到門口。一打開門就看見肖念，他猛然怔住，露出一絲防備和畏懼之色。

「黃先生您好，我是永生的肖念醫師。上次誤傷到您，我很抱歉。」他誠心道歉，舉起手裡的白色提袋，「今天會過來，是要送楊女士留給你的東西。」

聞言，男人布滿血絲的雙眼，死死盯著那個袋子。他的神色有了變化，暴戾和憤懣盡失，貌似清楚袋子裡裝著什麼。

他遲遲沒有接下，沉默了半晌，他啞然失笑，「哈，她……只留這個給我？」

肖念深吸一口氣，倘若楊女士聽見這句話，不知心裡作何感想。

男人的笑聲戛然而止，「她死之前……有沒有說點別的？關於我的？」

肖念眼眸一沉，搖了搖頭。

他盤算著，若對方拒絕，他就有理由直接帶走楊女士。沒想到，男人最終仍伸手接過袋子。

明明天氣不冷，他伸出來的手卻顫顫巍巍，肖念不自覺捏一把冷汗，擔心對方沒拿穩，摔碎玻璃罐，導致楊女士的遺願無法完成。

第三章

他出聲，「楊女士申請的是海葬，葬儀人員會再通知您出航的船班。那我就先離開了。」說完，肖念便轉身邁步。

這時，「砰」的巨響自身後傳來，肖念下意識回頭，面露愕然。

男人抱著袋子重重跪倒在地，像個小孩般地嚎啕大哭，「我沒有媽媽了……她不要我了……」他喊得撕心裂肺：「我沒有媽媽了，我以後該怎麼辦？」

肖念站在門口靜靜地看著他，覺得遺憾。

直到此刻，男人才真正清醒，從那場虛幻夢境中被狠狠打醒。楊女士的做法殘酷，卻仍懷有母親的溫柔。她要兒子永遠記得這個教訓，也給他這輩子僅有一次的機會，好好送走母親。

「楊女士的胃癌已經到了末期，再多的治療都是痛苦。她以前跟我說過……她很怕痛。她想過要等你，只是等不了了。」肖念緩緩蹲下身，扯出一個淡淡笑容，「她走的時候，臉上是笑著的。這點，希望你知道。」

肖念不再停留，緩緩離開。

直到走出這棟房子，男人的哭聲也沒有停歇。以後這個人的人生會如何走下去，他不知道，亦與他無關。不過，人生能有幾次後悔又僥倖重來的機會？

肖念抬頭看向湛藍的天空，情不自禁伸手遮擋刺眼又炙熱的陽光。它明明如此溫煦明亮，卻透不進內心深處的陰暗角落。

他漫步走回停車的地方，經過某間咖啡店時，和從店內走出的客人擦肩而過。那人先是露出一絲疑惑神情，接著回頭轉身，朝肖念小跑步過去，試探地喊：

「肖念！是你嗎？」

聽見呼喊聲，肖念回首，眸中映入一張成熟端正的面孔。

青年欣喜地道：「是我啊！我是小杜！」

腦中霎時竄過跟這個名字有關的記憶，肖念瞪大眼睛，「斌彥？」杜斌彥開心地伸手抱住肖念，他也被對方的熱情感染，大方地回擁。在這個沒有任何親友的地方，能遇見年少過往中僅存的溫暖，肖念心中湧起一股難以言喻的感動。

他不趕著回去，於是兩人進入咖啡店敘舊。

「真的好多年不見了，你還是一樣帥！」杜斌彥不好意思地搔了搔頭，「你小時候不只帥，還常常拿第一名。那時候，女生知道我跟你是鄰居，都跑來找我聊天，企圖超明顯。老天爺真是不公平，哈哈！」

兩人是鄰居，從幼年時期就玩在一起，交情很不錯。可惜肖念的父母因工作變動，在兒子小學畢業後，全家搬到R國生活，兩人也漸漸失去聯絡。

在R國，肖念跳級提前完成高中學業，又隨著父母搬回A國準備大學考試，當時的杜斌彥還在讀高二。肖念回國後，除了備考還忙著打工，兩人有約出來見面幾次，

第三章

感情依舊熟絡。

遺憾的是，肖念回來不到一年，家裡就出了震驚街坊鄰居的悲劇。事發沒多久，肖念便人間蒸發，杜斌彥聯絡不上他，兩人就在最青春年少的時期，錯過互相扶持成長的機會。

多年過去，世界這麼大，他們卻在此重逢。緣分太過奇妙，毫無道理可循。

聽到他的稱讚，肖念淡淡一笑，「造成你的困擾，真不好意思。」

杜斌彥攪動杯中咖啡，內心有點忐忑，最終仍忍不住問出口：「肖念，這些年，你……你過得好嗎？」

俊雅面容神色微凝，接著露出略帶無奈的苦笑，「沒什麼好不好的。不管發生什麼事，日子都得過下去。」

杜斌彥抿了抿唇，「我看到新聞報導，蹺課跑去你家找你，但是警察拉起封鎖線，外面又圍了一堆記者，我進不去。後來聽我媽說才知道你搬走了，原本的手機也停用了……」他扣緊雙手，神色鄭重，「肖念，我一直當你是朋友，直到現在都是。」

聽到這些話，肖念先是一怔，然後對他投以真摯溫和的笑靨，「嗯，你也是我的朋友啊。謝謝你，斌彥。我現在過得挺好的，你不用擔心。」

杜斌彥聽到他這樣說便放心下來，伸手拍上他的肩，「那就好。」

兩人交換通訊軟體後，肖念問：「你跟叔叔阿姨來玩嗎？他們沒跟你一起？」

杜斌彥是獨生子，一家人感情極好。杜氏夫妻教育孩子有一套方針——疼愛但不溺愛。因此養成杜斌彥天生樂觀、開朗的性格。

杜父開設公司，事業有成，杜母則是知名大學教授。她跟肖念的父母是大學同學，因此肖念跟杜斌彥才從小熟識。

這下，換杜斌彥露出苦笑，「不是啦……是我媽。」他的神色變得頹喪，聲線有些顫抖，「她得了肺腺癌，發現的時候已經是末期了。」

「怎麼會……」肖念露出驚愕表情，念頭一閃，「你該不會是要去永生？」

杜斌彥艱難地點頭，「我媽偷偷向永生提出申請，我偶然看到她的電子郵件才知道。我一開始不同意……怎麼可能眼睜睜看著她自殺啊？」

說到後面，他的聲音哽咽嘶啞。

「可是……她因為化療掉頭髮，整天埋怨自己變得越來越醜。還有一次……我發現她趁我爸不在，偷偷躲在房間哭。」

杜母的人生風光順遂，不僅擁有頂尖學歷的光環，還有令人稱羨的職業。誰知道，一場病痛把她從天堂打入地獄，折磨得不成人形。在人前，她努力振作，保持從容自信，尤其在家人面前，更是難以表現出痛苦難受。

因為愛得太深了。她怕的不是自己先離開，而是留下愛的人。

「所有療法都試過了？」

杜斌彥不停搓手，極力掩飾即將潰堤的情緒，「嗯，能試的都試過了，只剩化療。療效不一定好，復發機率也高。醫生的意思……我們明白，時間真的不多了，再多活個一年半載也算幸運。這段路，她走得很辛苦，我、我不願意讓她自己承擔……」

聽他述說這段磕磕碰碰的求醫心路歷程，肖念不自覺咬緊下唇。半晌，他意識到自己過於緊繃，驀然鬆口，「那杜叔叔……」

「我爸還不知道我媽的決定。」杜斌彥的目光茫然無助，語氣充滿不安遲疑，「我跟我媽是用家族旅行當藉口先過來這裡，等我爸忙完，過幾天也會來。」

「阿姨現在住在機構裡，還是附近的飯店？醫師面談過了嗎？」

「昨天剛入住。今天來面談的醫師說，我媽狀況比較差，可以加快流程，應該半個月內會核准。我聽了之後心情很複雜，趁我媽吃安眠藥睡著後出來走走……」他頓了頓，隱約覺得奇怪，「肖念，你對永生很熟？」

「嗯，我……」

「啊？啊！」杜斌彥差點摔下桌，「我成為了醫師，在那裡工作。」他接著說：「你在那裡工作？為什麼？肖叔叔不是外科嗎？你以前也說過想當外科醫生……」

發出一連串靈魂拷問的杜斌彥，看見肖念逐漸凝重的表情，緩緩安靜下來。

死寂般的沉默在兩人之間蔓延。杜斌彥輕咳一聲，緩解尷尬，「嗯，你想說，再跟我說吧。對了，你等等要回永生吧？要不要順便去看看我媽？」

他誠心提出邀約，想著母親看見肖念現在過得很好，應該會對過去沒能及時阻止肖家悲劇一事釋懷。

肖念點點頭，兩人便起身離開咖啡廳。

他開車戴杜斌彥回到永生，車子剛駛過正門口，恰巧碰見徐海帆。

「嗨，肖醫師！」徐海帆瞥了一眼坐在副駕駛座的人，「你帶朋友來玩啊？」他自在的語氣彷彿是這裡的資深員工。而這句閒聊，適用於各種場合，用在這裡卻有些微妙。

肖念微笑岔開話題，「徐先生是要去找宋先生吧？我還有事，下次再聊。」說完，他開車揚長而去。

徐海帆瞇起眼，將識別證遞給看門的保全，順利獲得放行。他直直朝宋知一的住所前進，這時，手機忽然響起來電通知。

接起後，他恭敬問候，「夫人好。」有條不紊地回應：「是，有關肖醫師的糾紛，高律師那邊都處理好了。知一還不知道是您出手的，要告訴他一聲嗎？」

「不用。」嚴肅女聲接著說：「他很在意那個醫師？」

「呃⋯⋯」徐海帆夾在中間頗感為難，只能含糊帶過，「肖醫師做的飯特別好

第三章

吃！知一或許是想多吃幾頓吧？」

女人不再答話，徐海帆立刻懊悔，「夫人，我是開玩笑的。我就是這麼幽默開朗，您別介意。」

「辦好你的事。」她話一說完，毫不留情地切斷通話。

徐海帆拍了拍嘴，「禍從口出、禍從口出。」不經意間，他看見在窗邊的宋知一，搖頭苦嘆：「罪魁禍首、罪魁禍首。」

他提著兩大袋換洗衣服直往二樓，一進門就看到宋知一戴著口罩。

知一敷衍地回了一句「過敏」，徐海帆也懶得追究。

整理好衣服後，他眉頭微蹙，「咦？怎麼少了件睡衣跟一套衣褲？」宋知一的行李全是他親手準備的，任何短缺遺漏，絕對逃不過他的火眼金睛。

宋知一老實回答：「借人了。」

徐海帆還懷疑是自己聽錯了，確認耳朵沒問題，他露出一個看到鬼的表情，「借人？你這個有超級潔癖的聖人，會把衣服借人？誰？是不是肖醫師！」他比娛樂記者聽到勁爆八卦的反應還激動，「他、他不會前兩天有來這裡住吧？」

宋知一沒回答。

靠，「宋先生，敢做就他媽給老子敢當啊！沉默是屁，不是金！他在心裡痛罵著，咬了咬牙，「宋先生，您還記得，您是來這裡幹什麼的嗎？」

「嗯。」

徐海帆走到他旁邊坐下，臉上浮現開導眾生的大智慧表情，「咳！知一，你不會真對人家有意思吧？」趁宋知一還沒脫口而出驚人答案，他先下手爲強，「我不管你心裡在想什麼，但他是這裡的醫師，你在他眼裡，是一名申請安樂死的病人。你懂我的意思嗎？」

跟在宋知一身邊這麼久，能被他特殊對待的人，用五根手指頭都數得出來，徐海帆完全意料不到，僅僅碰了幾次面的肖念，可以讓宋知一做出不少反常舉動。

「你們以前該不會認識吧？」想了想，他又推翻這個念頭，「不可能啊！他那張臉這麼好認，我怎麼可能沒印象？而且，他的反應也不像久別重逢啊⋯⋯」

宋知一抬起眼，「肖念跟我申請安樂死是兩回事。」他一句話堵住徐海帆喋喋不休的嘴。

「有位凱文醫師是主負責人，我想找他。」

徐海帆越來越搞不懂宋知一了。不過，即使他滿肚子的鬱悶，仍乖乖聯絡凱文。也想藉此看看，換成別的醫師，宋知一會不會正常點。

第三章

杜斌彥帶肖念來到集中式住宅區。這裡離醫師辦公室極近，因此需要及時醫療的個案，會安排入住此處，一旦發生緊急狀況，醫師二十四小時都能隨傳隨到。

他輕聲敲門，同時喊道：「媽，我回來了。」

躺在床上的婦人，頭上戴著一頂米色毛帽，眸色依舊清亮，然而消瘦身形和蒼白臉色，看得出身體狀態不佳。

「媽，妳看看誰來了？」杜斌彥拉過跟在身後的肖念，開心地介紹著。他的笑隱含不捨及難受，看著至親日益憔悴，每見一面，都有種人逐漸消失的錯覺。

杜母先是一愣，視線對上肖念的臉後，立刻喊道：「是小念嗎？」

「是我。」肖念走上前，坐在床沿並露出溫和笑靨，「好久不見，杜阿姨。」

杜母眼中含淚，神色感慨，輕輕牽起肖念的手，「你媽媽要是看見你現在這麼可靠的樣子，一定很開心。」

肖念沒有回答，僅僅點了點頭。

「斌彥，媽有點口渴，你去裝些水吧。」

聞言，杜斌彥立刻拿起水壺，乖乖地離開去裝飲用水。

見兒子走遠，杜母的表情染上一抹擔憂，「小念，當年你們家出事後，我一直想帶你到我們家。你沒有其他親戚……一定過得很辛苦吧？你怎麼不來找阿姨，我可以代替你媽，好好照顧你啊……」說到後面，她的眼淚已然撲簌簌落下。

肖念回握她微涼的手，骨節分明的觸感，讓他雙眉微蹙，「阿姨，我爸媽有留下不少積蓄，夠我生活。那陣子，處理完他們的後事，我剛好收到Z國醫學大學的錄取通知，就決定去新的地方待一陣子。順利完成學業後，輾轉來到這裡工作。我過得很好，妳不用擔心。」簡單分享了近況後，他反問：「阿姨……我聽斌彥說，叔叔還不知道，妳打算怎麼做呢？」

「這是一個不能不解決的問題，對於此狀況，機構有標準作業流程因應，可是經由旁人口中知曉，對家屬來說，感受截然不同。」提到這件事，杜母更添愁色與淒苦。她無奈搖頭，「我不知道該怎麼向他坦承……我好累，累到沒有勇氣繼續活下去了。」

「阿姨。」肖念輕聲一喊，眸色溫柔，「我跟妳說說我的想法，但不管妳最後決定怎麼做……我們都會尊重妳的所有選擇。」

杜斌彥失神般地抱著水壺站在房外，正要伸手開門，肖念恰巧走出來。

肖念趁機把人往後推遠一點，低聲說：「斌彥，我跟阿姨聊了幾句。她等等會親自打給叔叔，我希望你可以陪她一起。」他拍了拍對方的肩膀，「有任何需要，隨時

第三章

打給我。」

沒想到肖念在短短的時間內，就讓母親改變心意，杜斌彥低下頭，努力忍住湧上的情緒，「謝謝……有機會我再找你吃飯，千萬別拒絕啊！」

肖念回以一笑，目送杜斌彥走進房間。

他有些乏力地靠在牆壁上，後腦勺磕碰到堅硬水泥。他面露苦笑，喃喃自語：「挖開傷口的感覺，真疼啊。」

★

接到ＶＶＩＰ邀請通知，凱文二話不說地騎著電動車抵達目的地。

他按下門鈴，徐海帆滿臉笑容地迎接他進門，兩人寒暄了會。

凱文低聲詢問：「宋先生不是指定讓肖醫師負責嗎？怎麼今天叫我來？」他暗暗擔心肖念又被迫星沖昏頭，做了傻事，所以才要他過來收拾爛攤子。

徐海帆聳了聳肩，「凱文醫師，老實說，我真不知道。唉，知一這種情況，我一個領死薪水的普通老百姓，哪能懂他呢？」

凱文點頭表示認同。

徐海帆邀請凱文進入主臥後，轉身下樓離開。

偌大主臥內只有宋知一人，就算他的模樣略顯頹廢、戴著口罩，與生俱來的明星氣場仍難以忽視。

「呃，宋先生找我來，是有什麼特別狀況要討論嗎？」其實凱文更想問，是不是肖念出問題了？但太過直白簡直在打自家人的臉，他選擇旁敲側擊。

「我聽說肖醫師外出不在，才想找主責醫師聊聊。」

「喔，原來是這樣⋯⋯」凱文大大地鬆了一口氣，肖念的確外出去送東西給楊女士的家屬。

宋知一率先開啟話題：「凱文醫師在這裡工作很久了嗎？」

「喔，我啊？我在這十年了！」

宋知一微微抬頭，用微小肢體語言表達出詫異，「看不出來，您看起來很年輕。」

不論男女，被誇讚外貌總會感到心花怒放。凱文樂開花，心想這位個案沒有想像中難搞。

「哈哈，我都四十多歲啦！但也常常被人誤會年輕、沒資歷。其實肖醫師才是我們這裡最年輕的！宋先生猜猜他幾歲？」

宋知一偏過頭思考，隨後回答：「他看起來也很年輕，我以為你們同輩。」

「不不不，他才二十六歲！」凱文感嘆道：「年輕就是好，滿滿的膠原蛋白。別

第三章

看他瘦瘦的，他其實身材很好！您對他的印象應該還不錯吧？」

聞言，宋知一挑了挑眉，「嗯。肖醫師才剛來這裡工作嗎？」

凱文搖搖頭，「不，他在這三年了。他拿到文憑後，通過考試來這裡執業。一般醫師通常會往各科別發展，像我就是從急重症轉到安寧體系，然後再來這裡。宋先生，雖然他選的路跟一般人不一樣，但完全不用擔心他的專業度。而且他個性好，這裡的人九成九都喜歡他！」

凱文一股腦地說了太多揭肖念老底的話，最後還補了幾句好話，扭轉他的形象，以免留下不佳印象。

兩人又多聊了幾句，看宋知一真的是純粹找他來閒聊，凱文才徹底放下心有很多個案對於死亡恐懼不安，時常提出聊天的要求。凱文猜，宋知一外表看似冷淡，內心說不定也非常需要支持。

「今天跟凱文醫師聊得很愉快。」

「這是我應該做的！那我就先回去了，宋先生好好休息。」

直到離開，凱文都沒發現自己在無意間被套了不少話。

宋知一演過不少角色，不乏有警官或檢察官這類特殊職業。為了揣摩角色，他曾經去上過相關課程，學習套話技巧，因此他知道怎麼讓人在不知不覺間洩漏訊息，將話題持續引導到他想要的方向。

這場對話，他獲得了很多訊息，許多有關肖念的事，都被他巧妙地包裝起來，看不出破綻。

宋知一陷入沉思。這時，他從窗戶看見肖念騎著腳踏車回來。

宋知一拿下口罩，臉上的淡淡痕跡幾近消退，微風輕輕撫而過，帶起他額前略微凌亂的髮絲。

和窗邊的人四目相接的瞬間，肖念雙手下意識地急壓煞車，俊秀面容怔怔地看著對方。

「肖醫師，上來喝杯茶嗎？」宋知一的聲音鏗鏘有力。

肖念知道，他不該在非面談時間答應額外邀約，無奈鬼使神差，他開口回答的卻是「好」。

徐海帆才跟宋知一吵完，沒多久就看見肖念出現，神情有些微妙。但他沒有多說，手指了指二樓，把門徐徐帶上後就離開了。

肖念踏著樓梯往上，一進入主臥，就看見宋知一拿起一個象牙白茶壺，似是要去裝水泡茶。

肖念急忙走上前，主動伸手接過茶壺，溫聲道：「我去裝吧，你等我一下。」換

作是從前，他壓根沒想過自己能用這麼家常的語氣，跟家喻戶曉的明星說話。

宋知一點點頭，乖乖在原地等待。

宋知一剛剛開窗後，就沒有再拉上窗簾，主臥內的交誼客廳總算有陽光照進來。

「你想喝什麼？」

數十種茶包整齊排列在玻璃茶几上，甚至還有茶葉，這副開適模樣像極了已經退休十幾年，閒閒沒事就來泡茶的老年人。

肖念對喝的東西不是很講究，於是讓宋知一選擇。只見對方修長的手指挑揀口味，動作優雅且熟練地沖泡。淡淡茶香充斥在房中，不知不覺薰陶著人的身心，逐漸變得放鬆。

宋知一遞過茶杯給肖念，他也不拘束地接過，將杯緣抵在唇邊淺嘗一口，一股淡淡甜味滑過舌頭，後韻又隱藏些許酸澀。

「你不用勉強說好喝，我知道。」

聞言，肖念抬頭看向聲音來源。

「就像酒，不是人人都覺得好喝，但傷心難過時，總會想到它。難受時，比起喝酒，喝茶對身體更好。它不會讓你醉，也不會騙你進入虛幻的世界裡。」

宋知一悉心教導著肖念該如何照顧自己，說話的語氣特別溫和，不像往常那般有距離。但諷刺的是，出現在這裡的宋知一，連自己都照顧不好。

肖念雙手捧著溫熱的茶杯，有了想多了解宋知一的衝動，想親自認識眼前活生生的他，而非透過冰冷的螢幕。

「那你心情不好時，通常會怎麼做？」

宋知一深邃眼眸一眨，操控輪椅移動轉向，「跟我來。」

肖念愣了一秒，反應過來後，立即起身跟著宋知一搭乘無障礙設備下樓。

這棟洋房座落的山坡坡度不陡，電動輪椅往上爬不會過於吃力，能夠保持一定速度。

肖念跟在後面，望著那道背影，心中驀然湧起一股難以言喻的悸動和酸楚——他想拉起那雙放棄一切希望的手，想要給予對方活下去的勇氣。可是，對宋知一而言，他什麼也不是，哪有資格要求他⋯⋯

好不容易爬到坡頂，往下眺望，是一片猶如畫布的漸層綠色，由高往低渲染。遠處群山高低錯落，能從中發現幾棟獨立建築，以及蜿蜒曲折的綿延道路。

「這就是我心情不好時會做的事情。」

肖念偏頭看向宋知一，山風不斷吹撫而過，被長髮遮住的臉龐，此刻完全展露而出。上天給了宋知一一張使人嫉妒和崇拜的俊美面相，尤其是那雙深邃澄澈的眼睛，對視稍久就能讓人淪陷其中。

而肖念就是其中一個。

第三章

他故作平靜地說：「你在拍戲的時候，有辦法找到像這樣的地方抒發壓力？」

宋知一輕輕一笑，十分好看，「不管哪裡都有高處，頂樓、高台、大樹⋯⋯我甚至爬過車頂。有人跟我說過，站得高一點、看得遠一點，你會發現，這世界上有很多好看且單純的東西，自然就忘了不開心的事情。」

肖念好奇地問：「是家人教你的？」

「不。」宋知一的眼眸一沉，深不見底，「是一個很重要的人。」

倘若宋知一在螢光幕前說出這句話，社群網路一定會大爆炸，成為隔天報紙娛樂版滿版的話題。

「但他已經不在了。」

肖念仔細咀嚼這句話的意思，默默觀察宋知一的表情，確認了某個答案——宋知一曾有個深愛的人，而這個人已經不在世界上了。

他現在身患重病，愛人也早已離去，簡直是老天爺逼人走上絕路的大絕招。

「宋先生，我明白摯愛離開的感受。」肖念深吸一口氣，把目光轉向遠方，避免跟宋知一對上眼。他怕自己會退縮。

他頓了頓，「或許你聽過不少類似勸慰的話。先離開的人肯定希望你活下去，哪怕活下去這件事情，常常讓人感到痛苦⋯⋯但會不會有奇蹟發生的一天，你遇到了能夠給你希望的人、事、物？」

他狠狠咬了下唇，想藉由痛覺忽視內心不斷擴散的難受，「我說過，我曾經因為你演的戲，得到了活下去的機會。」他終究打破了自己的規則，喊出對方的全名，「宋知一，對當時的我來說，你就是我的希望。」

宋知一側目看向那張輪廓分明的俊秀側臉，「肖念，我很抱歉。現在的我，沒辦法給予任何人希望。」

「我知道。」肖念的語氣轉為堅定，不再逃避，「但我想幫你找到希望。讓我試試看，好嗎？」

宋知一沒有拒絕，反問：「你不怕我直到最後都不改變決定嗎？」

怕，當然怕，然而沉默半晌後，肖念說出口的卻是：「沒關係，這一行做久了，我承受得起。」

「這種保證，我不是很喜歡。」

此話一出，兩人極有默契地相視一看，然後笑了出來。

肖念提出建議，「我可以提一個清單上的空白事項嗎？」

宋知一微微挑眉，目光帶有詢問意味。

「我幫你剪頭髮吧？放心，我幫人剪過幾次，技術還行。」

「你覺得礙眼？」宋知一抬手撥了撥額前的長髮。

肖念心中的陰霾，不知不覺被宋知一的微小動作掃清。他旋即轉身，率先踏出步

伐，笑著說：「不是礙眼，是可以更好看。」

宋知一注意到他的行動，也驅動輪椅與他同行。

兩人回到住所，才想到沒有理髮刀。為了安全，這裡的屋子裡連把剪刀都沒有，更何況是專業的理髮刀。想著這件事情不急著今天完成，宋知一便請徐海帆先準備，明天再帶來。

見時候不早了，肖念問：「你平常的晚餐，是請保鑣幫忙準備嗎？」

宋知一一頓，「不，我通常不吃晚餐。」

言下之意，上次臨時答應楊女士，以及執行肖念的請求，已經很給面子了。肖念知道，宋知一的內在溫柔體貼，不同於外表那樣淡漠。

「但他也要幫忙你盥洗吧？可以這麼晚才來上班？」

宋知一輕輕「嗯」了一聲，貌似不太在意。

「那我先回去了，有需要再打給我。也替我跟你的保鑣說聲謝謝，我喝醉的時候……麻煩他了。借用的衣服，我會盡快還你。」

語畢，肖念轉身往門口走去，走沒幾步，身後傳來一聲呼喊。

「肖念。」

他微微揚眸，卻沒有回頭。

「明天別忘了來幫我剪頭髮。」

肖念耳根有點發熱，他默默點了頭，加快腳步離去。

見肖念走遠，宋知一才回到主臥，不忘傳訊息提醒徐海帆。

另一端，正在玩手機遊戲的徐海帆，點開訊息後，差點從沙發上摔下來。他嘖嘖稱奇，「哇靠！這傢伙轉性了？天要下紅雨，還是要地震了？之前好說歹說，還回我『死了也沒人看』。」

他深呼吸平復心情，乖巧地回了個「OK」的可愛貼圖。

「要叫大衛造型師一起來嗎？他很想念你的頭髮。」

「有造型師了。」

徐海帆眼角抽了抽，迅速敲下下一句，「不會是肖醫師吧？」

宋知一已讀不回。

再問下去，八成也不會再回。徐海帆往後倒在沙發上，臉上染上疲倦之色。他不是不會累，只是在宋知一面前，他過於習慣假裝不在乎。

★

隔天，肖念工作到下午才有時間喘口氣。

不知怎麼回事，這天大家的負能量像活火山般接連噴發，光是安撫某位氣憤的家

屬，就花了將近一小時。

「你們為什麼不阻止他？」

少婦怒氣沖沖地破口大罵，不明白為什麼父親要千里迢迢地來到永生尋求解脫。

肖念讀出隱藏在氣憤裡的訊息，終歸是三個字——捨不得。

然而，老先生更捨不得看到家人為了他的病心力交瘁。

「方小姐，方爺爺曾在我面前寫下一個心願，後來他擦掉了，因為他認為很難辦到。」

少婦因為肖念的話起了一絲好奇，擦拭眼角淚珠。

「希望人生的最後一刻，女兒能抱著我，給我唱首搖籃曲。」

就像三十五年前，成為父親的男人抱著剛出生的嬰兒，滿心歡喜地唱著搖籃曲一樣。他迎接妳，而妳送走他。

聞言，少婦愣住，轉瞬間摀臉大哭。

她抱著肖念嚎啕，耐力比金頂電池還要驚人，在會客室外等候的機構同仁，無不透過玻璃窗偷看，搖頭嘆氣。

「她已經抱著肖醫師快半小時了。」

「真好,我也想這樣抱著肖醫師。」

「咳咳⋯⋯」路過的凱文刻意清了清喉嚨,「大家要保持理性,有些話太地獄了,在心裡想想就好,不要當眾說出來。」

好不容易安撫好少婦,肖念立刻安排她跟個案見面,並由其他同仁接手引導。

回到辦公室,都快下午四點了。肖念活動僵硬的肩頸,這時,手機忽然響起,是杜斌彥打來的電話。

「肖念⋯⋯你有空嗎?」他的聲音聽來悶悶不樂,鼻音也重,像是剛哭過。

肖念溫聲問:「怎麼了?」

「我就想找個熟人說說話。在這裡,也只有你了。」

肖念一邊脫下工作服,一邊回應:「來我住的地方吧,我等等發定位給你。」頓了頓,他又補充:「別買酒來,我準備別的給你喝。」

杜斌彥輕輕「嗯」了一聲,掛斷了電話。

他暗叫不妙,今天大概沒空幫宋知一剪頭髮了。他沒有宋知一的私人聯絡方式,只好回去路上順道跟對方說一聲。

停好腳踏車,肖念抬起手正要按下門鈴,大門便自動跳開。宋知一沒有在二樓房間,而是坐在一樓客廳,好似一直在等人。

肖念眨眨眼睛，他不會真的在等自己吧？他有些尷尬，「抱歉，今天比較忙，現在才過來。然後⋯⋯我等等還有約⋯⋯」

宋知一語調微揚，「還沒下班？」

肖念被他這句話堵得不知如何回答，想了會才說：「表定時間來看是下班了，但有朋友找我，他家人⋯⋯也在永生，他目前情緒不太穩定，我找他聊聊。」

宋知一抬起頭，一瞬不瞬地望著他，「如果我心情也不好，你選誰？」

肖念猛然摀嘴咳嗆起來。

他以前在醫院實習的時候，聽過好幾次情侶吵架，而女生八成會在最後使出必殺絕招——我和你媽同時掉入海裡，你會先救誰？這是一個相當考驗情商的問題，回答得好，牽手回家；回答不好，腦袋開花。

此時此刻，肖念有種莫名其妙被逼著二選一的感受。但宋知一怎麼說也是他的個案，還是他喜歡這麼久的偶像，如今他在觸手可及之處，對著自己提出要求，肖念著實憂喜參半。

「嗯⋯⋯你為什麼心情不好？」

「我從早上就在等你過來，但你來了，又要走了。」

肖念眨了眨眼，沒聽錯吧？宋知一在抱怨？

大概是看多了宋知一在螢光幕前一貫的淡然表現，如此人性化的一面，反倒讓肖

念感覺不太真實。

他認真解釋，「我今天都不在辦公室裡，無法打內線給你，也沒有你的聯絡方式。抱歉，讓你久等了。」

聞言，宋知一伸手，掌心有幾顆厚繭，「手機借我一下。」

肖念毫無抵抗之力，乖乖從口袋拿出手機遞給他。宋知一接過後，手指靈活操控，再轉交回去。通訊頁面裡多了一組號碼，名稱留白。

宋知一淡淡說：「這是私人號碼。」

肖念不自覺喉頭滾動，一時失神。

「肖念？」

「啊？喔！」他回過神，眼睛定格在稱呼欄。他心跳太快，無法好好思考，只好先收起手機，裝作若無其事，「我、我知道了。以後有事情，我會提早告訴你。」

「理髮刀，有人拿來了。」宋知一從輪椅旁的置物空間，拿出一個精緻高貴的描金深黑收納盒，看來頗有重量。

肖念盯著收納盒，在心中默默嘆了一口氣，舉旗投降，「你跟我回去吧，可以先待在我房間。我跟朋友聊聊，送他走後再幫你剪。」

不知道是不是錯覺，他恍若看見宋知一的薄美唇角微微勾起，同時耳中傳來低沉的迷人嗓音，「好。」

第三章

肖念帶著宋知一回住處,員工住處沒有無障礙設備,只能讓宋知一暫時待在一樓主臥。

相隔不到半小時,杜斌彥就來了。他看著桌上的簡易茶具和熱茶,抽了抽嘴角,「肖念,你是不是在這裡工作很久了?修身養性的等級變得很高耶。」

肖念露出笑容,「有人跟我說,喝茶比喝酒好,我想試試。」他說完才猛然想起,某人就在隔著一道薄牆的房間裡,屋內隔音效果不好,只要沒有重聽,多半能聽清楚他的話。

杜斌彥撇過頭,疑惑道:「你幹嘛突然臉紅?」

「咳,沒事。屋裡有點悶,我開一下空調循環。」

「嗯?你已經開了啊。」

肖念裝模作樣地拿起遙控器,「我忘記調溫度了。」

在房間裡的宋知一聽到這些對話,露出饒富興味的神色。

餘光一瞥,他在床頭櫃上看見一個帶有發條的水晶球,看來是個音樂盒。他拿起來端詳,發現底座有刻字。

「念,生日快樂。」

宋知一驀然想起了多年前，年少的他曾幫一個小男孩過生日——

他從背後牢牢環抱住身形嬌小的小男孩，兩人躲的地方既陰暗又潮溼。令人無助的漆黑中，天上的點點星光，成了唯一的亮光來源。

小男孩因為害怕而隱隱發抖，小手也十分冰冷，他試圖搗熱那雙小手，撫摸對方的頭，低聲安撫，「別怕，我會保護你。」

少年的承諾並不可靠，在這種地方，隨便幾個不懷好意的大人，都能置他們於死地。然而，孩子卻抬起頭，明亮的大眼睛眨啊眨，語帶期盼，「真的嗎？」

「嗯，真的。對了，我記得你說過⋯⋯今天是你的生日？」

孩子點點頭。

「那我得負起給你祝福的重大責任了。」他認真且溫柔地說：「生日快樂。」

第四章

杜斌彥喝了一口熱茶，赫然發覺還不錯，原來，不用喝酒也可以讓人話匣子大開。

他垂頭喪氣，「我爸來了。我當他兒子這麼多年，第一次看見他哭……」

肖念雙手握著茶杯，「斌彥，人會哭是很正常的啊。小孩會因為沒有吃到好吃的東西而哭，大人會因為工作不順利而哭……沒有哪一個選擇是完美的，我們都抵擋不了命運的安排。」

杜斌彥苦笑，「你現在還是個哲學家了啊？」

肖念聳聳肩，「可能是看多了生離死別吧。」他深吸一口氣，鼓勵對方，「你和叔叔就趁這段時間陪阿姨到處逛逛，吃她以前沒吃過的美食、去她以前沒去過的地方，做一些她以前不敢嘗試的事情……我想，最後你們就有勇氣，陪著阿姨完成她最後的心願了。」

「肖念，謝謝你。」杜斌彥緩緩嘆出一口氣，「我媽告訴我，你是怎麼讓她改變

「心意的⋯⋯」

「我媽離開時,我一度無法諒解她的做法,更不能原諒自己。我失去了好好送父母離開的機會,我不希望斌彥跟叔叔也承受這樣的痛苦。」

杜斌彥拍上肖念的肩膀,輕輕捏了一下,帶有安慰之意,「我們已經決定好執行日期了,半個月後,剛好是他們的結婚紀念日⋯⋯」他哽咽地說下去:「我媽嫁給我爸時,我爸的公司還沒有起色,他們窮得很,連個像樣的婚禮都沒有。」

雖然杜母沒有要求,但沒有一個女人對穿上漂亮的婚紗、辦場盛大的婚禮沒有憧憬。

「主責醫師說,會幫我們籌備一場永生難忘的婚禮。」他笑中帶淚,拿出一張手寫的請帖,「當我是朋友的話,一定要來參加啊!」

肖念伸手接下,看著上面的娟秀字跡,回以溫暖淺笑,「當然,我一定到。」

杜斌彥又喝了三杯茶,雖然不會醉,但挺利尿的,他藉口去一趟廁所,順便洗一洗沾滿眼淚的臉。

兩人又聊了會小時候的事情,杜斌彥順勢問起:「小學畢業後,你離開A國也就五年,怎麼有辦法把國、高中都念完啊?」

第四章

肖念揮了揮手，「正確來說是四年。」

「啊？什麼意思？」

「嗯……我出國不到半個月就被綁架了，過了半年才幸運獲救。我爸媽接我回家後，休養了半年才復學。」

「喔，啊？啊——」杜斌彥頭一次聽說這段過往，嚇得摔下沙發，「你、你怎麼會被綁架？」

這猶如電影般的情節，居然在現實上演，主角還一副雲淡風輕的樣子，顯得他特別大驚小怪。

事隔多年，肖念的記憶早已有些模糊，也因當時受到很多刺激，大腦本能地逃避或遺忘來保護自己。多虧這種心理防禦機制，如今提起，他心中已經沒有太多恐懼。人的確是很會催眠並安慰自己的動物。

「R國本來就挺亂的。有恐怖分子突然攻擊國際和平醫院，混亂中，我被不認識的人綁走，又被轉賣給人口販子。」

杜斌彥爬起身坐好，眼睛瞪得老大，仍舊有些不敢置信，「肖念，你不是在跟我開玩笑吧？這玩笑不好笑耶。」

「沒開玩笑。仔細想想，我還活著……」他想起了一道看不清面容的人影，神色有些惆悵，「的確很不可思議。」

杜斌彥關切問道：「你被綁架的時候，他們沒有對你做什麼壞事吧？」

肖念掀起衣服，露出精實且有線條感的側腰，即使傷口早已結痂淡化，看起來仍怵目驚心，不難想像皮開肉綻的模樣。

「被打是家常便飯。」他放下衣服，若無其事地說：「手臂上也有，你想看嗎？」

杜斌彥搖了搖頭，猛然揮手，「不、不用了。」他相信這不是開玩笑，「那些人太狠了吧！簡直是喪心病狂！對一個小孩也下得了狠手？」

「在R國，很多小孩在學會寫字前，更早學到怎麼拿槍殺人。」肖念深感沉重，「A國是相對安全的地方，沒有走出去親眼看過，你真的很難想像，活在同一片天空下，有人從出生開始就面臨生存的考驗，連拿筆學習的機會都沒有，光是想著下一餐在哪，就耗盡所有心力……我爸想要幫助這些人，才會去和平醫院進行救助醫療。我媽放心不下他，也沒辦法把我一個人丟在A國。」

肖家長輩都走得早，其他親戚也在國外各自生活，無法給予後援。幾番思索下，夫妻倆決定帶著兒子舉家搬遷。

肖念一點都不埋怨父親當時的決定，因為那是非常需要勇氣的抉擇，他從小就以父親為傲。

即使他被迫與父母分離，他們也沒有放棄，堅持不懈地尋找他。幸好，一家人最

後重逢了，只是，老天爺似乎看不慣他獲得幸福，沒過多久就……看肖念忽然失神，杜斌彥搖了搖他的肩膀，「肖念？」見那雙深邃眼睛對上自己的眼，他才接著問：「那後來呢？你怎麼逃出來的？」

「在那段時間，有個人一直保護我。」他摸著腕間的皮革手環，「我很想找到那個人，再見他一面。」

「是誰啊？不知道名字？」肖念搖搖頭，「他沒告訴我。我們獲救後，他被家人提前接走了。」

「或許以後有機會碰面。」找人這件事情，杜斌彥也幫不上忙，只能口頭安慰。

不知不覺也晚了，杜斌彥跟肖念道別離開。

此時，門把轉動的聲音，提醒肖念房裡還有個大活人。俊雅面容霎時露出苦惱表情，剛剛跟杜斌彥聊得太忘我，他完全忘了宋知一還在。

他是不是聽到了那些話？肖念念頭一轉，心想聽到了又怎麼樣？他不是也跟杜斌彥說了嗎？過了那麼多年，他釋懷不少，沒什麼不能讓別人知道的事。

做好心理建設，他轉過頭，露出笑容，「廁所門太小，輪椅進不去，只能在客廳剪了。工具給我吧。」

他走進浴室，拿了一條毛巾出來，幫宋知一圍上，輕聲說：「你眼睛閉起來，我怕頭髮會刺到眼睛不舒服。」

宋知一特別聽話，緩緩閉上眼。肖念坐在他對面，身體前傾開始修剪。

剪刀的喀嚓聲傳入耳中，金屬摩擦的聲音算不上悅耳，但宋知一的表情卻很放鬆。

黑色髮絲無聲墜地，肖念左右端詳，溫熱指尖輕輕推動宋知一的側臉，修飾側邊毛髮。

距離很近，他能清楚看見宋知一的臉部肌膚白皙光滑，比不少女明星還要細緻透亮，天生的好底子令人很是羨慕。

再仔細一看，他的左邊顴骨和額頭上有幾道細痕，跟原生肌膚差了一到兩個色階。不像歲月刻鑿出來的皺紋，而是受傷過，靠後天的除疤及保養修復的痕跡。

肖念觀察得太認真，忘了要保持安全距離。感受到微熱氣息撲在臉頰，宋知一驀然睜開眼睛。

沒有了頭髮遮蔽，彼此的眼睛裡清楚映出對方的面孔，時間恍若靜止。

肖念一時忘了呼吸。

「剪得好看嗎？」

黑眸輕眨，肖念傻傻回答：「好看，當然好看。」就算他剪歪了，這張臉也撐得起任何前衛髮型。

回神後，他慌忙退開，差點往後摔倒，幸好宋知一眼明手快地拉住人，手掌正好

第四章

扣在皮革手環上。

「小心剪刀。」

肖念盯著掛在手指上的銀色長剪，愣愣點頭，「好，我知道。你先放手吧⋯⋯」

宋知一的視線落在手環上，輕聲問：「這個可以拿下來借我看嗎？」

聞言，肖念猛然肌肉緊繃，反射性想抽回手，哪知道宋知一的力道更大，簡直不像個病人。

「肖念，你是不想給我看手環，還是不想拿下來？」宋知一的語調明明非常平穩，卻隱約有種壓迫感。

肖念別開目光，顧左右而言他，「這有什麼差別嗎？」

「肖念。」

肖念一愣，又來了，他又喊了他的名字，好像這樣一喊，他就會無條件屈服。事實也的確如此，被崇拜者與崇拜者之間，從來就不對等。

肖念的語氣隱含哀求，「我不想拿下來⋯⋯」那瞬間，他覺得自己卑微得像塵土。

察覺對方話中的請求之意，宋知一輕輕鬆開手，放任肖念退回自己的舒適圈。

「抱歉，勉強你了。你早點休息，我先回去。」

「我送你吧⋯⋯」

「不用，保鑣已經到了。」

看著他的背影，肖念沒有再出聲挽留。

四周陷入一片寂靜，他蜷縮起身體，牢牢扣住手腕，喃喃自語：「我⋯⋯不想讓你看見，在這個底下的醜陋痕跡。」

身上的疤是怎麼留下，又是誰留下的，他早就不記得了，唯獨這道疤痕，他印象十分清晰。

因為始作俑者，是他自己。

宋知一回去的路上，徐海帆難得打電話來，語氣有點古怪，「知一，我要問你的意見。」

「嗯，你說。」

「永生的一位醫師聯絡我，說有另一個個案的心願清單跟你有關係，請我確認你的意願⋯⋯」徐海帆簡略描述這名個案的請求後，深吸一口氣，重重捏了下眉心，「他是在宋知一出道後，才擔任對方的經紀人，所以對演員過往發生過的事情不太清楚。」

而他的工作就是照顧好演員本人，若藝人被爆出不良過往，嚴重打擊形象，他才會去詳細調查。

聽完徐海帆的話，宋知一神色不改，「我拒絕。直接這樣回就好了。」

「好,我也覺得你不要出面比較好。」他眞心建議。停頓幾秒,他又問:「你還好吧?」

「嗯,剪了頭髮。」

聽對方的語速變化,徐海帆知道,宋知一的心情尚佳。

沒想到肖念居然眞能碰到宋知一的頭髮,他不免思緒複雜,宋知一究竟想跟肖念發展到什麼地步?

來不及多問,耳中陷入一片寂靜,通話切斷的嘟嘟聲入耳,顯然是宋知一無話可聊,不想浪費時間。

徐海帆嘆氣,他總有一天會得高血壓,或氣到心肌梗塞早夭。

籌辦婚禮說簡單可以很簡單,複雜起來也能讓人準備到心力交瘁。

杜父生性喜歡熱鬧,而杜母相對內斂矜持,兩人大略討論之後,決定邀請永生的員工,以及其他願意給的個案和家屬自由參加,不特別邀請遠方的親戚好友。

比起陌生人,親戚熟人的各種關心問候,無疑會形成更大的壓力,況且時間也來不及了。

趁杜母還有體力，他們專程到鎮上的手工婚紗店試婚紗。店員們看見這對超齡的「新人」有點訝異，仍不忘熱情介紹。知曉他們的狀況後，店員們更是哭到不行。

這場婚禮打算辦在戶外，肖念有空時，偶爾會去幫忙布置場地，再順便去找宋知一聊天，做料理給對方吃。

兩人見面時，極有默契地閉口不談那天的事情，讓肖念鬆了一口氣。

婚禮前兩天，肖念帶著請帖到宋知一的住處。

肖念解釋，「新娘是永生的個案。這場婚禮開放自由參加的，多一點人，他們一定也會很開心。」

坐在一旁的徐海帆拿起帖前後端詳——封面設計簡約，又不失溫馨動人。

「嗯？誰要結婚？」

徐海帆點點頭，「新郎兒子是你朋友吧？」

「嗯，對，徐先生怎麼知道？」

「呃，我猜的！哈哈。我好歹也是王牌經紀人，看人很準！」他當然不會算命、看面相，全聽某人說的。偏偏某人在裝傻，連個眼神示意都不施捨給他。

「婚禮結束後，她就會穿著婚紗，漂漂亮亮地離開。」肖念眼眸微垂，神色變得有些感傷，「雖然我不是她的主責醫師，但我很想為她多做點事情。」

這一刻遲早會到來，他們早有心理準備。

在她臨走前，肖念很想送他們一家人一份難忘的紀念，可是，他沒有能夠拿得出手的東西。明明他才是醫師，現在卻向宋知一他們尋求意見。

「肖醫師，不一定要東西啊！你有什麼才藝也可以嘛。」徐海帆的想法倒是直接，「像是跳跳舞、唱唱歌之類的。啊，對了，婚禮歌手！你應該不是萬中選一的音痴吧？」

「你需要的話，我可以伴奏。」宋知一突然開口，讓在場兩人一同驚呆。

徐海帆真想一巴掌打醒他，「知一，你知道你在說什麼嗎？婚禮是公共場合！要是有人錄影傳到網路上，你是要我單槍匹馬地站在門口，阻擋媒體大軍壓制嗎？」

肖念也連忙擺手，「不、不用了，萬一真的傳出去，惹來其他麻煩就不好了。」

「沒關係。」宋知一像是打定主意，「彈吉他而已，戴上口罩遮一下，不會引起別人注意。」

「這回答讓肖念有些錯愕，這個人是不是對於自己是明星沒有什麼自覺？即使化成灰，粉絲都能認出來吧！

宋知一又說：「我也想給這位女士祝福，不可以嗎？」

看著這張臉問出如此善良美好的問題，拒絕成了罪過，肖念狠不下心，只好轉頭求助，「徐先生，你看……」

徐海帆臉色已經鐵青到不行，然而宋知一是鐵了心要幹，沒有轉圜餘地。

「咳！肖醫師，我身體不太舒服，先離開了。」

徐海帆直接落跑，只差沒說出霸氣辭職的話。但奴性堅強如他，各種不滿想歸想，身體還是會誠實地找一把像樣的吉他。

肖念神色無奈，想勸宋知一改變心意，「你真的不用勉強⋯⋯」

「清單。」宋知一抬頭看向他，「這算其中一項。」

原話是「請肖醫師陪同聽一首歌」，這跟本人唱給他聽意思差不多。

肖念一愣，心裡忽然泛起酸澀，他深吸一口氣，「你很急著把這些事情做完嗎？」他知道，越早做完，或許就越少留戀。

「這是其次，我是想讓你好受點。」宋知一的目光牢牢鎖在這張好看的臉上，他轉移話題，「你有喜歡的歌嗎？」

宋知一貌似把選擇權交給對方，實際上在引導對方。

肖念抿緊雙唇，「嗯，我暫時沒有想法。」他不太注意時下流行樂，一時之間想不到適合的曲目。

宋知一用手機搜尋了一首歌，「這個，你聽聽。」他拿出無線耳機，一個戴上左耳，另一個極其自然地輕輕放到肖念的右耳，還貼心地幫忙調整。

溫熱指尖觸碰到耳廓，肖念的耳根隨之發熱，幸好音樂此時播放，轉移了他的注

意力。

動人嗓音與熟悉旋律勾起大腦記憶，這首歌他聽過，發行多年，算是老歌了。

宋知一練習樂器還比較費心力，他問：「會不會太麻煩你？」

「不會，就這個吧。」記歌詞不難，宋知一還跟著吉他老師學了半年，基本指法都還記得。

這個角色的長處就是彈吉他，為了演得像，以前演葉磊的感覺找回來就行。」

「嗯，把以前演葉磊的感覺找回來就行。」

「我想稍微做些改編，你晚上過來一起練習吧？如果練得太晚，也可以在這裡休息。怕你不自在，我會讓保鏢休假。」

肖念的心跳莫名開始加速，「我⋯⋯」

「我只是不想你太過勞累。好嗎？」

肖念再一次敗下陣。每每碰上宋知一，他的意志力就越發薄弱。是好是壞，他暫時不想深入思考。

很快到了晚上九點，肖念盥洗好後，依約來到宋知一的住處。得到宋知一允准後，他自己解鎖密碼開門。

一樓留有一盞小燈照明四周，肖念正想往樓上走去，餘光瞥見了閃爍紅光。不只一個，起碼有五個以上。藏得隱密，在光線充足的白天極難察覺。

肖念第一次在這個時候自己踏進來，才會偶然發現這些微型攝影機的存在。他一時心驚，但很快地冷靜下來，思考這件事的合理性。

永生絕不會讓外人有機會跑進個案住處，安裝竊取他人隱私的東西。而宋知一住永生的事，現在網路上完全沒有消息走漏的跡象。

可他幾乎天天待在這裡，不可能沒發現，任由它們繼續存在。唯一的可能，這是他們自己裝的。

為什麼要這樣做？

懷抱著滿腹疑問，肖念上樓進入主臥，悄悄觀察四周，手裡抱著一把吉他。

此時，宋知一從遠方過來。深邃眼睛看了肖念一眼，「怎麼了？」

肖念不想悶在心裡，他鼓起勇氣問：「這間屋子裡的攝影機是你們裝的吧？你既然都提出申請了，為什麼要錄下來⋯⋯」心中隱約升起一絲期盼，或許宋知一是另有打算，並不是這麼堅決要走上這條路。

宋知一緩緩放下吉他，眸色依舊堅定，絲毫不露出遲疑，「身為演員，到死前的最後一刻，我都想留下東西。海帆會拿著這些影像和我想說的話做成紀錄。這是我想到，能夠撫慰所有曾支持我的人，最好的方法。」

肖念懷有的一絲期盼，果不其然又被他硬生生地打破。

他想，是他異想天開了。嘴中發苦的他，努力揚起笑容，淡淡地說：「我懂了。你先彈一遍給我聽吧？」

乍見肖念略微沮喪的模樣，宋知一張了張唇，卻什麼都沒有說。他拿起吉他，輕指撥弦。

那個瞬間，肖念彷彿看見了青澀的「葉磊」，不知不覺深深陷入其中。哪怕這個人依舊不願為他駐足於人間，仍無法自拔。

★

婚禮當天，一大早就有人陸陸續續往會場聚集。人人手裡拿著一束鮮豔的紅花，依序擺放在玻璃架上。

穿著白色貼身西裝的杜斌彥，站在入口負責招呼賓客入座。沒多久，肖念跟坐著電動輪椅的宋知一緩步靠近。

他伸出雙臂，肖念也回以一個溫暖擁抱，「這位先生會跟我一起演出，還有，你今天穿得很帥。」

「謝謝。」他的聲音帶有些許哽咽。

所有人就定位後，司儀介紹起新郎新娘，「讓我們歡迎新郎、新娘進場──」

有別於傳統方式，杜父將新娘公主抱進入會場。杜母的體重掉了很多，行走也有些勉強，但她不想坐輪椅進場，於是才想到如此浪漫的進場方式。

眾人不約而同起立鼓掌，比較感性的賓客早已默默擦淚，即使互不相識，卻深感動容。

兩人站在台上，男人轉過身盯著面前的女人，努力揚起笑容，「我請在座各位見證，我杜哲偉願意以妳方亦薇為我合法妻子。我願對妳承諾，從今天開始，無論是順境、逆境，富有或貧窮，健康或疾病，我將永遠愛妳、珍惜妳，直到地老天長。」

後半段的誓詞，他說得斷斷續續，甚至會停頓好幾秒鐘，但沒有人因此不耐煩。

女人任由眼淚滑過面頰，說出同樣的誓詞：「我請在座各位見證，我方亦薇願意以你杜哲偉為我合法丈夫。我願對你承諾，從今天開始，無論是順境、逆境，富有或貧窮，健康或疾病，我將永遠愛你、珍惜你，直到地老天長。」

坐在台前的杜斌彥掩面痛哭。

司儀維持專業，莊重地宣示兩人正式成為夫妻，大家邊哭邊笑，起身熱烈鼓掌。

「恭喜這對新人！接下來，讓我們永生的肖醫師，和自願當樂手的宋先生，為新人獻上一曲祝福。」

站在台側的肖念，向台上緊緊相擁的兩人微笑，戴著口罩和毛帽的宋知一，僅露出一雙迷人眼睛，修長手指輕輕撥動吉他弦，演奏Louis Tomlinson的〈Two of

Even when I'm on my own, I know I won't be alone.
（即使只有我一個人，我也不會感到孤單。）
Tattooed on my heart are the words of your favourite song.
（我會將你最喜歡的歌詞刺在我的心上。）
I know you'll be looking down, swear I'm gonna make you proud.
（我知道你會看著我，所以我要讓你驕傲。）
I'll be living one life for the two of us.
（我會連同你的份一起好好活下去。）

原曲是由鋼琴伴奏，宋知一使用吉他改編後，演繹出另一種味道，而肖念沉穩的歌聲，彷彿有穿透人心的力量。

即使人們會因離別感到悲傷，也要連同別人的份好好活下去。肖念心想，這就是杜阿姨想要傳達給家人，而家人也想要告訴她的心情。

不少人拿起手機錄影，不忘點評，「欸，我以前怎麼都不知道肖醫師這麼會唱歌？」

「嗚嗚，我要哭死了啦⋯⋯」

在座的賓客被深深感動之餘，也有人心生疑惑，「彈吉他的人也是這裡的病人嗎？我怎麼覺得，好像在哪裡看過⋯⋯」

為了找到答案，當下就有人上傳到社群媒體，詢問廣大網民。

不問還好，一問不得了，影片一鼓作氣衝上當天的熱門搜尋話題，轟炸了整個A國的社群網路——宋知一疑似現身於Z國。

而當事人此時還不知道網路世界的風起雲湧。

婚禮結束後，賓客全部散去，杜家三人前往「永生屋」，這裡是病人最後的長眠之地。

隨著個案文化背景與喜好的不同，永生屋的布置風格會不斷更迭，為的就是讓人有回家的感覺。

杜母沒有脫掉婚紗，她給了肖念一個溫暖的擁抱，輕聲說：「小念，再見了。阿姨很喜歡你唱的歌，謝謝你。」

然後，她在杜父還有杜斌彥的攙扶下，緩緩走完最後的人生路程，進入永生屋。

肖念不是主責醫師，他沒有跟進去，而是在長廊盡頭等待時間流逝。忽然間，輪椅摩擦地板的聲音傳來，可他沒有回頭。

第四章

聲響緩緩停下，他知道對方停在他旁邊。那人嗓音溫和，「你需要支撐的話，我的手可以借你。」

肖念緩緩抬起頭，眼中是雪白的天花板，湛藍天空被阻擋在外。

「再過一下下，杜阿姨就要走了。」他用力睜著眼睛，不想被宋知一發現自己的脆弱，「她是個好人，上天卻沒有給她太多時間去享受幸福。而那些肆意傷害別人的人，卻能夠毫無愧疚感地活在同一片天空下……」

他又想起了人生中最陰暗的那一天。不，不是一天，是看見蒼白屍首的短短幾秒鐘。

「我曾經想……想讓傷害我家人的人下地獄……」

以他的身分在永生說出這種話，大概會需要停職調查是不是有身心狀況。但他卻不得不去想，倘若已然用盡所有心力救人，只因為結果不如意，下場就該如此悽慘嗎？誰想過……醫師，終究不是神啊。

他控訴，「這個世界對『好人』太不公平了。」

忽然，一隻手輕輕攥住他垂在身側的手。

「肖念。」

「肖念。」

肖念渾身一僵，倏然意識到剛才說了很糟糕的話。那些悄悄在心裡生根發芽的惡魔跑了出來，偏偏還在這個人面前。

「我⋯⋯」

「這個世界，的確不公平。」宋知一拉著他的手，沒有放開，「可是你做的事情，讓這個傾斜的天秤回正了點。或許不是人人都能理解，但我認為，你很了不起。」

聞言，肖念的眼睛微微瞪大。他低頭看向宋知一，對方臉上的所有偽裝已然卸下，露出一張神色淡然的俊美臉孔。他一雙深邃黑眸直勾勾地望過來，彷彿移開一瞬也不願意。

自己在做的事情，真的了不起嗎？肖念笑了笑，騙人，不愧是演員，讓人看不出任何一絲心虛或破綻。

「肖念——」

杜斌彥的呼喊聲從遠處傳來，父子倆戴著墨鏡，掩飾沉重和疲倦之色，緩緩走上前。

他們既然已經離開永生屋，代表折磨杜母的一切結束了。

肖念下意識抽回手，先對杜父點頭致意，然後伸手擁抱杜斌彥，拍了拍他的後背。宋知一也向杜父表示敬意，做足了基本禮儀。

對於剛剛經歷離別的人而言，不問、不說，反而是最好的體貼。

「小念，我們還有其他後事要處理，就先離開了。」杜父轉頭對宋知一說：「宋

第四章

先生，今天謝謝你的幫忙。我太太是你的影迷，最後能夠得到你的祝福，她很高興。」

「您客氣了。」

和他們分別後，肖念送宋知一回去住所。兩人才剛踏進門，徐海帆就從外頭氣勢洶洶地殺了進來。

「你看！我就說！」他不斷抓撓頭髮，要是髮根不夠強健，只怕會被他抓禿一塊，「私訊都快淹沒我的通知欄了！」

「什麼？」肖念看了一眼徐海帆丟在桌上的手機——A國主流使用的社群上，瘋狂流傳一個表演影片，而影片下方留言狂刷「宋知一」。對骨灰級粉絲以及狂熱失心瘋粉絲來說，這點掩飾真的不算掩飾。

會場雖有告知禁止照相錄影，以保障個人隱私，但仍舊有不守規矩的人。

「現在怎麼辦？」肖念滿臉錯愕，完全不曉得該怎麼應對。

「公關部門已經在開會討論了。知一，明天開始我暫時不會過來，我要忙著捕殺動物，你有什麼事就叫肖醫師幫忙。」

「捕殺動物？」

「狗仔啊！肖醫師，我跟你說，對狗仔這種動物，不能有絲毫憐憫之心，見一個殺一個、見兩個殺一雙！你也小心點，一大堆網民正在

宋知一貌似不太在意，肖念則面露疑惑，徐海帆比了個抹脖子的手勢，

「我?關我什麼事?」肖念一臉不明所以的傻樣。

他嘆了一口氣,「誰讓你長得帥?」

肖念剩餘的話頓時噎在喉嚨。

徐海帆被突如其來的意外搞得人仰馬翻,收回手機,立刻掉頭就走。

肖念面帶歉意,「抱歉,如果不是我⋯⋯」

宋知一一副雲淡風輕的模樣,「與你無關,這是我的決定。」他頓了頓,又說:「你回去休息吧。這陣子不用來找我,我想獨自待上一段時間。」

聽他這樣說,肖念更覺得愧疚。

宋知一本來可以安安穩穩地生活在這裡,不受到無端風雨打擾。不管他最後的決定為何,這些明明是他不該擔心的問題。

「你有需要⋯⋯隨時跟我說。」

宋知一輕輕點頭,默默看著肖念離開。等人走後,他撥出一通電話,不到三秒就接通了。

「亞歷斯克。」

話筒那端傳來開朗又帶點戲謔的年輕男聲,「嗨,知一,永生好玩嗎?」

「我傳給你一段影片,你幫我後製處理一下,再發上網。不要讓人認出來有後製肉搜你!」

痕跡，你應該沒問題。」

「嗯？」他的電腦已經接收到檔案，「哦！這是你現在住的地方吧？看起來超豪華。欸，背景好像有點眼熟？」

宋知一不發一語，濃長眼睫輕輕顫動。

亞歷斯克認出來了，「啊！這是不是之前『他』住的地方？」他的記憶力超群，很多東西或是背景，看一眼就能記得清清楚楚。

「我說知一，你未免也太厲害了……連房間都選同一個，執著到令我佩服。」

「嗯，酬勞晚點轉給你。」

「你那點酬勞哪夠？每次都給我出世界級難題！」他咬下一根巧克力棒，活動了僵硬的肩頸，抱怨道：「要不是看在小時候被你救過一命，你這工作，我絕對不接。」

「嗯，救你，划算。」

亞歷斯克無語，這人的心肝有時候還真黑，跟螢光幕前的紳士模樣差了十萬八千里。但誰沒有假面具呢？尤其是這種站在大眾目光下的人，面具可多了。

「算了，我不想跟你說了。我幹活去啦，拜拜！」

切斷通話後，屋內恢復一片死寂。宋知一遙控關上屋內的所有窗簾，彷彿只要這樣做，他就不用再面對外界的紛紛擾擾。

走到今天這一步，他不知道自己是否已經成爲那個人心中最稱職的演員？因爲，對方這輩子都不可能回答他了。

★

網路上影片大肆流傳，各種傳言紛飛。

在一間陰暗不透光的套房內，有個面容憔悴的女人，死死瞪著電腦螢幕。她的眼睛充滿血絲，披頭散髮，螢幕光打在毫無血色的臉上，顯得驚悚。

「找到你了，終於找到你了，知一哥哥……」她瘋狂啃咬指甲，也不管甲面早已凹凸不平，滲出血絲。

「我這麼愛你，你每部戲、每場見面會，我都有去……你還曾親口跟我說過『加油』。」

她是宋知一最大後援會的創辦人之一，凡是有在追蹤宋知一的粉絲都知道她。甚至自己設計商品，出了一系列相關周邊。

然而，有人眼紅嫉妒她，檢舉她用周邊營利詐欺，她因此被抓去關，錯過宋知一的頒獎典禮。令人打擊的是，在這場典禮上，宋知一宣布退出演藝圈。

就算待在牢裡，她也無時無刻、用盡一切辦法搜尋宋知一的行蹤。好不容易，熬

第四章

到期滿出獄，她終於可以正大光明地追尋他。

才剛出獄沒兩天，網路上就有了宋知一的消息。她想，老天爺是幫她的！

雖然過了兩年，但她深信宋知一肯定記得她。她跟其他低階粉絲是不一樣的，她奉獻了人生，傾盡所有去追尋一個人。

「那個地方是哪裡……」她不斷搜尋相關貼文，比對背景。確認地點後，立刻上網訂了今日最快的班機，像發了瘋似地整理行李。

她的房間裡，滿滿都是宋知一的報導資料，還有很多精心製作的手工禮物，她一股腦地塞進凌亂的行李箱，用力關上。

接著，她細心打扮，遮掩瞼下的極深黑眼圈。

「知一哥這麼久沒見到我，一定、一定很擔心我，又想我……」她看著鏡中的自己笑了笑，全然不覺笑容隱隱扭曲，「你等著，我馬上飛去找你。」

房間很快空無一人。

電腦螢幕依舊亮著，停留在宋知一垂首彈奏吉他的畫面。而游標則定格在拿著麥克風的俊秀青年臉上，上頭畫著鮮紅巨大的「X」。

「我們也無從確認事實,請各位粉絲朋友衷心祝福宋知一先生平安健康。」

宋知一的經紀公司只發出簡短到不行的聲明,可誰能接受這種模稜兩可的說法,風波不免越演越烈。

宋知一消失在螢光幕前這麼長一段時間,不僅被捕捉到蹤跡,人居然還坐在輪椅上,待在如此敏感且具爭議性的地方。影片流傳不到一天,永生的電話就被各大媒體與粉絲打爆,他們一致回應「基於個案隱私,不能透露細節」。

有不少記者甚至直接飛到Z國,打算硬闖永生蒐證。但永生出入規定嚴格,甚至找了警察協助,一般人無法進入,記者們只好摸摸鼻子,在附近找住宿,輪流排班盯梢。

出入永生的個案及家屬不免受到影響,開始大肆抱怨。管理層迅速做出應對,公告永生會尋求法律途徑。強硬的態度嚇退了不少人,換來了短暫的安寧。

沒想到相隔一天,網路上又出現了某則貼文,引起一波熱議。

主角同樣是宋知一,但他的雙腳行動能力正常,筆直長腿在房間內行走。他的頭

第四章

髮長及肩下，面容消瘦了點，從大片落地窗外的空間高度推測，這是在某棟大樓內。

矛盾點來了，永生內並沒有大樓。

畫面裡的所有資訊，和之前彈吉他的男人全然相反。於是，有人質疑起第一部影片的真實性，推測是有人造假，也有人懷疑那些忠實粉絲的眼睛，說不定從頭到尾都是認錯人，搞了大烏龍。

兩派人馬針對這兩部影片，你來我往地互相攻擊，一時間鬧得腥風血雨，不得安寧。期間，經紀公司始終保持沉默，留給大家想像的空間，看戲的意味頗為強烈。

肖念也有看見後來發布的匿名影片，他知道，第二部影片肯定是假的，眞人在他面前出現過那麼多次了。

那影片是誰後製放出來的呢？肖念猜想，是宋知一的經紀公司爲了混淆視聽，才出此下策，然後不動聲色地等風波逐漸過去。

倘若他是透過螢幕接收消息的普通鄉民之一，不清楚宋知一的眞實處境，他也會相信第二部才是眞的，然後譴責詛咒自家偶像殘疾的人。

「不知道他現在怎麼樣⋯⋯」肖念仍舊感到擔心。

徐海帆八成還在忙著處理公司事務，宋知一目前唯一能尋求協助的，只有那個保鑣了。

「還是我應該打過去關心一下⋯⋯」肖念單手托腮，糾結著是否該點開那個名爲

「流星」的聯絡人。

「流星？」宋知一不經意地發現這個稱呼，俊挺眉眼一挑。

「啊，我怕輸入本名，萬一被同事看見不太好⋯⋯」

取這個稱呼的原因，當然不只有他說的官方理由，還因為在肖念心中，宋知一是流星，他才能肆無忌憚地向他許願。而他也貪心地希望，願望會有實現的一天。

然而，永生的員工必須跟個案保持適當距離，不能發展出親密關係，也不能介入家人或熟人的執行過程。可肖念卻接二連三地打破這些規定。

因為他是人，人總有私心，他何嘗不明白一旦越陷越深，最後很可能會溺死在裡頭。

遲疑一陣子後，肖念按捺不住衝動，正想按下通話鍵，辦公室的門猛然被推開，嚇得他立刻收回手，「凱、凱文？你嚇死我了。」

「肖，我有事要跟你說——」

共事這段時間以來，難得看見凱文面露驚慌，他疑惑地問⋯「怎麼了？」

「我聽說今天要召開一場聯合會議，代表一定有大事！」

肖念眨眨眼睛，「聯合？是我的個案？還是你的？」

第四章

「不是,是艾薇醫師那個組的。」

聯合會議囊括機構內各大職位與相關部門,一起針對某個案進行討論。

肖念想,既然不是他的個案,這場會議應該與他無關。但凱文卻伸手指了指,

「但是你在參加名單裡。」

肖念隱約覺得不太對勁了,「我?」

凱文湊近了點,悄悄在他耳邊說:「我早上進辦公室前,恰好遇到艾薇,她悄悄跟我說的……這個個案的背景有點特殊,他想找到一些人,跟他們當面道歉。其中一個人是你。」

肖念頓時呼吸一緊,腦中閃過一個猜想,身體不自覺變得有些僵硬。

「他十多年前因誘拐兒童,最終被國際法庭判刑十年。刑滿後出獄,沒多久卻患上絕症,簡直是現世報。」凱文小心翼翼地觀察肖念的臉色,他也沒想到,看似無比溫和的同事,竟然有這種駭人經歷。

「永生的核心精神是『平等』,不可排除任何種族、宗教或個人背景,因此他的申請被受理了。但他的臨終心願,實在不好辦。」

「他十多年前因誘拐兒童,最終幸好永生憑著過人的財力背景尋求國際協助,得知這些人分布在世界各個角落,並進一步取得聯絡方式。

不過,即使找到人,受害者和家屬們也不見得願意來一趟,不是人人都有能力放下

一切的胸襟。

肖念的臉色說不上差，卻也不算太好，「我知道了。」他在心中暗自慶幸凱文有提早跟他說，讓他有個心理準備。

「呃，那個，還有一件事……」

「那個人還有其他要求？」

肖念無法確定這個人是誰，當初的綁架案是集團犯案，虐待他的犯罪者不少，受害者也絕對想不只這些人。有更多孩子在裡頭生了重病死亡，甚至被活活餓死，是一個旁人不敢想像的人間煉獄。

「機構裡除了你，還有一個人也在受害者名單裡。這個人，你絕對想不到是誰，我也快被嚇死了！」

肖念的心跳漏了一拍，他努力壓抑顫抖的聲線，「還有誰？」

凱文臉色變得極度複雜，他清了清喉嚨，緩緩說：「宋知一。」

肖念猛然怔住，不敢相信聽見的話，忍不住再問一次：「你……說誰？」

凱文不意外他有這種反應，再次開口：「你沒聽錯，就是宋知一。」

整個機構裡，沒有第二個叫這個名字的人。

肖念瞪大眼，怎麼可能是他？如果宋知一也是其中一個，他不可能認不出來……

這時敲門聲響起，暫時驅散肖念心中的震撼及疑惑，外型亮麗的金髮碧眼美女探

出頭,揮了揮白皙小手。

「嗨,帥氣的肖,嗯?你表情看起來很不對唷。」她的美眸轉到凱文身上,他撇開眼,作勢摸了摸頭髮,假裝若無其事,無奈早被一眼看穿,「凱文,你真是個大嘴巴。」

凱文還想裝傻,艾薇不給他表演機會,開門見山地說:「肖,半小時後有個大型會議。有件事情,我想先跟你討論一下,方便嗎?」

聞言,肖念迅速恢復冷靜,給予一貫的專業淺笑,「沒問題。」

只有他自己知道,此刻他有多想跑到那個人面前,當面詢問——宋知一,在我過去的生命裡,你到底扮演的是誰?

第五章

那是一個天氣悶熱的午後。

忙碌的肖父輕輕拍了拍兒子的頭,溫和笑道:「小念,你去樓上的休息室等媽媽來接你,不要亂跑,知道嗎?」

年幼的肖念露出可愛笑容,乖巧地點點頭。他自小就相當貼心,聽話地遵守父母的要求,從不需要他們操心。

他從書包裡拿出媽媽親手做的小饅頭,一邊吃著,一邊往樓梯口走去。這一側靠近急診室,救護車的鳴笛聲不絕於耳,還夾雜各種驚慌與痛苦的喊叫聲。

「好痛——」

「醫生,救救我!我不想死——」

他們的訴求無窮無盡,總看不到消弭的盡頭。

忽然,窗外一閃,強光如同流星般劃破天空,發出十分刺眼的光芒。肖念反射性

第五章

瞇起眼睛，卻移不開探究的目光。

相隔不到幾秒鐘，巨大爆炸產生的強烈衝擊狠狠震碎玻璃，碎片有如子彈四處飛散，肖念身上有血珠飛出，下一秒，他便狠狠地撞上旁邊的水泥牆。

一切發生得太快，他來不及思考就失去了意識。等他再度睜開眼睛，他已躺在堅硬的載運板上。

車輪快速開過顛簸石子路，車身劇烈晃動，坐都坐不穩。除了全身的刺骨疼痛，隱隱還有股滾燙的熱意，他知道他正在發高燒。

肖念望了望四周，有十幾個看來跟他年紀相仿的人，有男有女，他們個個神色驚懼，連哭泣都是緊緊摀著嘴，不敢發出聲音。

「這是哪裡……」他口乾舌燥，呼吸微弱，「爸爸……」

這一刻，他深刻體會到在A國的生活有多幸福，能夠和家人平安地走在人來人往的熱鬧街道上，可以無憂無慮地上學交朋友、學習喜歡的事。

搬來R國後，時常能聽到救護車來來往往穿梭街道，以及遠處的轟隆聲響。

「小念害怕嗎？」

肖母將兒子攬進懷裡，輕輕撫摸他的頭安撫。

「嗯。」為了不讓媽媽擔心，肖念改口，「也不是太怕，一點點而已。」

她輕聲一笑，哼著不知名的曲調，肖念不知不覺地放鬆下來。過了半晌，他好奇地問：「為什麼爸爸要來這裡？以前的醫院不好嗎？」

「不是不好，爸爸有他的夢想。」她溫柔地跟兒子解釋，「小念，你要以爸爸為榮。他用自己的力量救了很多很多人。」

肖念無助地躺臥在角落，細細低喃：「爸爸……你會來救我嗎？」

年輕的嗓音，卻讓人覺得沉穩安心。少年低聲喊：「小饅頭，別睡。」

肖念很想問他「誰是小饅頭」，可是他好累，累到連眼皮都睜不開，看不清楚是誰在跟他說話。

接連幾天，他像個貨物般，被丟到不同的車上輾轉運送。車子劇烈搖晃，他感到非常不舒服，渾身無力，但始終有一雙手會輕柔攬住他，然後在他耳邊輕輕低喃：「別怕，我會保護你。」

燒到極致，他覺得全身發冷。忽然，有一雙手輕輕將他抱起，微涼的手摸上他的額頭，「你發燒了。」

「肖醫師——」見肖念突然恍神，艾薇在他面前揮了揮手。

肖念尷尬道歉，「抱歉，妳剛剛說什麼？」

「我說，你打算接受會面嗎？」艾薇撥了撥開肩上長髮，俏麗面容透出些許無奈，「根據國際法庭的資料，當初有五十八個受害者，其中，二十一名死亡，倖存者多留下重大殘疾。像你這樣優秀的……寥寥無幾。」她不忘捧了捧肖念。

肖念問：「每一位受害者都有聯絡上嗎？」

她搖搖頭，「目前共聯絡到二十個家庭，其他人不知道搬去哪了。願意前來的有十組，但八成不是來好好送他走的，是來看現世報。」

她看向肖念，「唉，然後就是你。」頓了頓，她補充，「對了，你放心，除了我、凱文跟其他兩位主責，其他人不知道。抱歉啊，我也不是故意告訴凱文的。」她被這個突如其來的要求搞得煩躁，不禁隨口抱怨幾句，雖然沒透露太多細節，不過在職業道德上的確有點瑕疵。

肖念淺笑搖頭，這不是不能說的秘密。誰沒有過去？否認實際存在過的事實，沒有任何意義。

艾薇認真凝視他，「你是我最後一個通知的對象，趁開會前，我單獨過來找你，也是尊重你的想法和感受。倘若你沒有意願，可以不用參加。」

「那個人……會出現嗎？」

艾薇搖了搖頭，「他虛弱到無法行走了，生活起居全靠專門看護在照料。受害者跟相關家屬上午剛到機構，等等他們會一起參加聯合會議，我們還是要協助他們做好

心理建設，確認他們能夠遵守約定後再會面。」

一旦上演暴力畫面，勢必會成為明天的頭條新聞。

「我會參加會議，但實際會面……讓我再想想。有需要的話，我會暗示妳。」

聞言，艾薇點點頭。

「對了……」肖念緩緩吐出一口氣，「還有其他人會來嗎？」

艾薇美眸一眨，隱晦回應：「嗯……如果你是問機構內的話，只有你。」她聳了聳肩，「有人還在輿論風波上，要是傳出去，我怕我會被娛樂圈的律師團追殺。」

肖念點頭，「我明白了，謝謝。」

「那我先去準備了，待會見。」

艾薇朝他點頭一笑，踩著高跟鞋優雅離去。

肖念拿出手機點開通訊頁面，深吸好幾口氣後，顫顫巍巍的手指按下撥打電話鍵。

不到三秒鐘，電話就接通了。

「怎麼了？」

這個瞬間，對方的聲音跟當年的少年重疊。肖念到了此刻，才後知後覺地發現這份相似，或許他的內心深處，仍下意識地避開跟過去有關的一切。

肖念抿了抿乾澀的唇，「我有事情想問你。晚上，可以過去找你嗎？」

宋知一說過，他想獨自待一段時間，肖念沒有忘記，可他還是忍不住提了這個有

此三突兀無禮的要求。

「好。」宋知一的語氣裡聽不太出情緒，「我還有另一個朋友，你介意嗎？」

肖念又被他反將了一軍。有其他人在，他自然不能當面問，可若他說「介意」，感覺是在找麻煩。

他念頭一轉，原來，宋知一不是獨自待著，還有其他朋友專程來陪他。那他們的關係⋯⋯應該非常好。

比自己還好。

肖念迅速平復心情，「嗯，好，六點可以嗎？」

聽到宋知一允諾後，他直接掛斷電話，怕對方察覺他的忐忑不安。

深邃眼睛望了一眼牆上的時鐘，會議時間快到了，他動身前往會議室。

肖念進到會議室後，引來不少探究的目光，等他坐到專業人士的座位區，這些人的眼神才慢慢移開。

參加者大多是年邁的夫妻，當年的事件讓他們痛失孩子，心中的憤懣和痛苦，不管流逝多少時間，都無法沖淡。

其中，也有不少年輕面孔，他們看見肖念，不約而同地面露疑惑，某種熟悉的感覺在心中滋生。

肖念也是。就算長大成人，樣貌、體型多少有點變化，但五官輪廓沒有太大差

異，有些人的臉，他仍有印象。

當年他們被迫聚集在一起，因為國籍不同，使用的語言也不相通，只能用簡單的比手畫腳猜測意思。唯一跟肖念同國籍又可以溝通的人，只有那個大哥哥。他們在最陰暗的時光中相互依靠，成了支持彼此活下去的希望。

「以後我就叫你『星星』哥哥！」

少年是個孤兒，沒有名字，於是肖念自作主張地幫他取了一個名字。

「為什麼是星星？」

「因為爸爸說過，星星可以指引回家的路。」他拉起少年的手，露出一個天真燦爛的笑容，「你說會保護我、會帶我回家，那你就是我的星星。」

少年臉上有傷，整天纏著繃帶，從來沒有拿下來，只露出一雙深邃眼睛。他眼帶溫和笑意，輕聲回應：「嗯，我會想辦法……讓你回家。」

最後，少年也的確完成了這個承諾。

艾薇坐在最前方，她先自我介紹，接著解釋聯絡大家的原因。

「按照瓦克先生的請求，稍後會讓大家各自進去會面。我明白你們受到的傷害和痛苦，但希望各位可以保持冷靜。最後提醒各位，倘若有肢體衝突，我方有權請各位

第五章

「直接離開，希望大家見諒。」

說完，她站起身領著所有人員深深一鞠躬，整間會議室霎時陷入一片死寂。

工作人員引導與會人士前往會面，隨著會議室的人越來越少，肖念想，有些人糾結一輩子的心結，或許會在今天解開，也可能不會。但無論如何，日子都要過下去，爲了那些還活著的人。

艾薇走到他身邊，揚起一個專業笑容，「肖先生，準備好要過去一趟了嗎？」

肖念揚眸對上她的眼，「嗯，沒問題。」

走出會議室，他無須指引就知道該往哪裡走。他在這裡待了很長一段時間，穿過這條白色長廊無數次，只是這次的感受跟以往截然不同。

俊秀臉上沒有太多情緒，他伸手輕輕推開門。

色調純白的房間布置簡約，更顯躺在床上的男人面容憔悴。他骨瘦如柴，雙眼空洞無神。

感官因病退化，男人好半晌才發現有人進來。他眨了眨眼，咳起嗽，好不容易才喘過氣，「你是誰⋯⋯」

「我是六號。」

這些孩子不知道什麼時候會死，犯罪集團使用世界通用的數字，替每個孩子編號命名，才不用耗費腦力記憶每個孩子的姓名。

看見他手臂上的烏鴉刺青，肖念腦海深處的記憶湧起——當他沒有完成指令，刺著烏鴉刺青的男人就會拿鐵棍打他。

男人最喜歡一邊喝酒，一邊看著大家蜷縮在一起求饒的畫面。他們主宰著這個小小世界，擁有至高無上的權力。

他們最喜歡逼孩子們互相比賽，看誰爬得遠，贏了沒獎勵，輸了卻遭殃。他們從未心生憐憫，只是單純覺得有趣。

有一次，肖念因為整天沒吃飯，實在沒力氣爬，男人非常生氣，作勢動手打他。這時，少年不知道哪來的膽子搶過鐵棍，惡狠狠地打了男人好幾下。

一時的反抗當然換不來長久的安寧，少年被打得渾身是傷，關在鐵屋裡三天三夜。男人囑咐不准給少年吃東西，但肖念仍想盡辦法偷偷藏了兩塊餅乾，晚上悄悄溜進鐵屋送給他吃。

看著少年渾身的瘀青以及滲血的傷口，他哭得很傷心。

「我說過要保護你。他們要打，打我就好。」他伸手摸了摸肖念的頭，「沒關係，過幾天就好了。」

「星星哥哥，你、你不應該打他的……」

肖念依然記得，這是星星哥哥最常安慰人的話。但怎麼可能會好呢？不會好的。

床上的男人雙眼一瞠，雙手猛烈顫抖，似乎想起有關這個號碼的小小面孔。他聲

第五章

音嘶啞，「對、對不起，我如果不照做……我也活不下去……」

肖念的神色依舊冷靜，「你想活下去，就可以隨便踐踏、犧牲別人的命嗎？有好多人，他們的生命永遠停在十五歲、十二歲，甚至是十歲……你可以道歉，但我們沒理由原諒你。幸好你在死前終於明白，有時候做錯事情，不是道歉就有用。」

必須一輩子受到良心譴責，否則誰能對受害者負責呢？

肖念緩緩轉身，對男人的痛哭聲置若罔聞，神色冷漠。他走出房間，關上這道厚重的門。

回到辦公室後，肖念坐在位子上發呆了很久。

當回憶一角被無意撬開後，很多記憶就會一股腦湧上，想要阻止都阻止不了——星星哥哥是一號。後來肖念才知道，也是所有孩子裡年紀最大的。他的手上戴著一個沾滿泥土的皮革手環。

肖念曾問過對方這個手環是誰送的，他只是淡淡地回答「是個很重要的人」。

他不太明白，星星哥哥說過他沒有家人，可他卻有個重要的人。

他們逃出去的那天，肖念害怕這是最後一次和這個人手牽著手——倘若那些人發現並追了上來，他們極有可能會被當場射殺。

肖念一邊努力跑，一邊問：「你、你為什麼常叫我『小饅頭』？」

今夜之後會有一個極端的結果，要麼成功離開，要麼迎接死亡。於是，少年總算開口告訴肖念原因。

「在和平醫院的時候，你曾送給我一顆小饅頭。」

隨著記憶復甦，肖念緩緩瞪大了眼睛。

他想起來了，那陣子，有一個纖瘦又孤獨的人，常常在醫院急診附近徘徊。肖念放學後去醫院找父親時，看過那個人好幾次。

某天，那個人蹲在牆角，看起來很不舒服。

父親教導過他，要主動幫助別人才是好孩子。於是，肖念走上前，從書包裡拿出媽媽準備的小點心遞過，「這個給你吃，很好吃喔！」他把東西塞進少年手裡，怕對方會不好意思而拒絕，一溜煙就跑了。

那天，肖念覺得自己做了一件很棒的事，喜孜孜地跟父親報告，也如實獲得了表揚。

然而他沒有發現，也是從那天起，有個少年時不時會到醫院報到，看著他蹦蹦跳跳的身影。

和平醫院遭遇恐怖攻擊那天，再多待幾分鐘，屋頂就要塌了。是少年在樓梯間找到他，背著他逃出來。

即使身處在可怕的地獄，少年總是不斷想辦法保護他，而他也盡自己所能照顧他

的星星哥哥。

一切變成一個循環，他們不斷拯救彼此。

所幸，他們最後成功獲救，但肖念精神狀態不佳，住院期間整個人迷迷糊糊，沒能好好和對方道別，訴說自己的不捨。

恍惚之間，他依稀聽到星星哥哥溫聲說：「小饅頭，我把它送給你。這是我最珍貴的東西。」

少年小心翼翼地解下手腕上的手環，再替他扣上。肖念的手太瘦小了，戴上去的比例有些奇怪。

「如果我們還有機會碰面，看到這個手環，我就知道是你。」

即使感到捨不得，但人人都有要回去的地方，少年也不例外。

最終，他們錯身而過。

肖念想起在永生與宋知一的第二次碰面，他突然聊起那個手環，一般人根本不會注意陌生人身上的東西，尤其是在不起眼部位的飾品。

或許第一次碰面，宋知一就認出他了，卻什麼也沒說，甚至堅持要肖念陪他走完最後一程。

宋知一究竟是對他溫柔，還是對他殘忍？肖念一時之間分辨不出來。

會面結束後,肖念提早下班,到鎮上的量販店採買食材。他心想,既然要去宋知那裡,就順道準備一頓晚餐,當作是打擾的賠禮。

他推著推車前進,伸手拿起打折肉品,一轉過身不小心撞上來人,隨身小包掉在地上,東西散落一地。

「啊,抱歉,妳還好嗎?」他一邊關心,一邊彎腰撿拾。

戴著鴨舌帽的女人壓低帽沿,蹲下身幫忙撿起掉落的東西,一股腦地塞還給肖念,「沒、沒事!」她不敢正眼對上肖念,連忙轉身離開。

肖念餘光瞥見她手上戴著一個編織手圈,隱約覺得似曾相識,「好像在哪裡看過⋯⋯」

腦中靈光一閃,他想起來了,是宋知某個狂熱粉絲自己設計的周邊商品。

當時這件事情鬧了不少風波。這名陳姓女粉絲,是某個後援會的創辦人,相當狂熱。她設計出不少周邊商品,假冒宋知一經紀公司的名義大量販售,甚至聲稱自己是代理人,騙了不少粉絲的血汗錢。不法途徑獲得的收益,還用在私人追星的開銷上。

受害粉絲不少,他們團結起來報警抓人,最後嫌犯落網,詐欺罪名坐實。陳姓女

粉絲除了判民事賠償，還得入獄服刑兩年。隨著她鋃鐺入獄，事情告一段落，後來就沒多少人在意了。

會戴著那個手圈的人，八成是不清楚手圈來源的宋知一粉絲。她應該是看到新聞，特地跑到附近來蹲點，希望有機會巧遇本人。

肖念嘆了一口氣，這種行為真的好傻，可是追星確實無法用理智去看待，他也沒權力勸導他人。

結帳後，肖念將東西搬上車。

不遠處，戴著鴨舌帽的女人躲藏起，看著男人的一舉一動。她拿出剛剛偷走的工作識別證，布滿血絲的雙瞳一亮，龜裂唇角緩緩勾起，燦爛卻異常得令人毛骨悚然。

肖念回到永生，提著兩袋食材前往宋知一的住處。大門自動跳開，一顆頭探了出來。

那人頂著一頭金黃髮，挑染幾絡亮眼水藍，相當吸人目光。湛藍眼睛與深邃五官，是標準的西方面孔。

他露出可愛虎牙，伸手幫肖念提起其中一個袋子，熱情地打招呼，「嗨！我是亞歷斯克。」

肖念點頭，「你好，我是肖念。」

亞歷斯克上下打量他，毫不掩飾探究目光，「說真的，你本人比照片帥。」

「照片？」

肖念正感到疑惑，宋知一驀然用眼神一掃，形成一股無形的威嚇。這擺明是在提醒亞歷斯克小心禍從口出。

亞歷斯克不禁雙肩一抖，急忙解釋，「哦！就那個、那個之前網上流傳的影片嘛！你不是唱歌嗎？有人截圖下來，還弄出高畫質版本，我有看見！」他的腦筋轉得快，說詞完美。

肖念畢竟不是公眾人物，聽到有關網路流傳的事情，就會下意識想轉移話題。他不喜歡自己成為焦點，所以不再深究。

看著兩袋食材，宋知一淡淡說：「你其實不用麻煩。」

肖念觀察著宋知一，他的精神還不錯，看來網路輿論對他沒有造成太大影響。待在這個與世隔絕，繼而與世長辭的地方，還是有好處的。

「不會，煮個晚餐而已，花不了太多時間。」他捲起衣袖，走到開放式廚房處理食材。

亞歷斯克本來想靠近，卻被宋知一一把拉住，「不要過去。」

「為什麼？我好手好腳，不幫點忙說不過去。」

宋知一淡淡回：「他不是來炸廚房的，不需要你幫忙。」

亞歷斯克傻眼，莫名其妙中了一槍。

肖念的動作很快，不到一個小時，餐點就上桌了。亞歷斯克驚呼連連，不抱期待蹭的免費晚餐，居然是餐廳等級。

「這個義大利麵很好吃耶！你以後不當醫生的話，當我的私人廚師怎麼樣？保證錢多、事少、離家近！」

「亞歷斯克。」宋知一像是一位教訓小孩的嚴厲家長，「注意用餐禮儀。」

肖念第一次看見宋知一這樣，不自覺感嘆：「你們看起來關係……」他一時不知道該用什麼形容詞，最後吐出兩個字：「真好。」

「嗯，對啊！」上一秒剛被念的亞歷斯克，立刻重蹈覆轍，「知一以前救過我。他現在算是我的老闆兼最大的客戶，我每天的日子都很苦啊！肖念，你幫幫我，別再給我增加工作量，我想放假！」

肖念愣了愣，他哪有這麼大面子？這拜託對象是不是找錯人了？求情的不二人選明明是徐海帆才對。他轉移話題，「亞歷斯克先生，請問你是做什麼工作？」

亞歷斯克說宋知一是老闆兼客戶，又說他能夠聘請私人廚師，收入肯定相當驚人，不會是基層員工。

「喔，我就技術宅，玩一堆電子設備。靠頭腦賺錢的。」他靈活操縱手指，笑得像個孩子般燦爛，「我很厲害喔！」

能夠毫不掩飾地自賣自誇，又不惹人反感，也是一種天生的才能。

吃完飯後,亞歷斯克跑上三樓客房去玩遊戲。肖念跟著宋知一回到二樓主臥。

兩人面對面坐著,氣氛一度有些凝滯。

積在心中的問題,一鼓作氣地湧到喉間,肖念卻難以開口。

宋知一察覺到肖念的不自然,率先打破僵局,「今天的會面,你去了吧。」

肖念故作平靜地點頭,但雙手卻用力到青筋暴現。

輕眼一眨,骨形好看且白皙的手,緩緩覆於他的手背上。那個瞬間,緊繃的肌肉不自覺放鬆下來。

肌膚相貼的溫度如此真實,他一時恍惚。

「我不去,不是害怕輿論。對我來說,那個人早就已經不重要,從我的生命裡被抹去痕跡了。所以,我沒必要滿足他。」

這番話,間接承認事實。

「但是你,肖念,你一直留在我心裡。」肖念驀然抬頭,對上那雙彷彿蘊含星光的深邃眼睛,「我也說了,我第一眼就會認出你。」

肖念依舊說不出話。

這個人出現在螢光幕前十年了,他看了一遍又一遍,卻從來沒有一次想過,他就是那個在無窮無盡的黑暗裡,把他牢牢護在懷裡的星星哥哥。

肖念的嗓音很輕,透出的情緒卻很重,「我看到他手臂上的烏鴉刺青,想到了跟

第五章

以前有關的好多事情。每次我被打、肚子餓難受的時候，星星哥哥都會用一種方法安慰我。」

他緩緩抬起眼眸對上宋知一的，這一瞬間，他看見的不是遙不可及的耀眼明星，而是他深深記掛於心的男人，「你還記得嗎？」

宋知一淺淺一笑，伸出雙臂，笑容淡然好看，「你說這個嗎？」

肖念一陣激動，彷彿連靈魂都在顫動。從他失去一切後，他再也沒有這麼強烈的感受。

下一秒，他雙膝跪地，像個孩子一樣撲進對方的懷裡，用力摟住緊實的腰。宋知一也回擁，輕輕拍撫他，從髮頂一路到突起的蝴蝶骨。

此情此景儼如十三年前，那個渾身髒汙的小孩，緊緊摟住身邊唯一的光芒。即使不確定未來何去何從，只要這個人還在，他就不再害怕。

一晃過去，小孩與少年長大了。可嘆的是，卻在這個充滿別離意味的地方相遇——如今除了這個擁抱，他什麼也不剩。

「我⋯⋯沒有其他家人了。」

宋知一眼眸低垂，手輕輕貼在肖念的頭髮上，「想哭，就哭出來。在這裡沒有其他人會發現，也沒有人會怪你。」他的語氣自然平淡，沒有參雜任何不必要的情緒，

只因此刻的肖念需要一個宣洩的出口。

肖念失神說著：「眞要細想，一切是從我說了那句話開始的……」

那日，肖念去醫院找剛下班的父親，兩人並肩走在回家路上。他隨口喊一句「餓了」，肖父讓他在原地等，自己過馬路去買吃食。

這時，一台高速衝來的車子，直直撞上脆弱身軀，甚至還想倒退輾壓。最終，轎車失控撞上路樹，駕駛也受了傷。

肇事者，是某位病人的家屬。

R國經濟發展落後，醫療環境不佳，加上人力嚴重不足，病患拖延救治時間的情況屢見不鮮。即使肖父已經拚盡全力，也無法改變病人下半身癱瘓的結果。

家屬過於悲痛，認爲是醫生拖延導致的疏失，打醫療官司又敗訴，所以心生怨恨，打算跟肖父同歸於盡。

這一撞，人救回來了，卻成了植物人。肖父只能永遠躺在床上，失去生活自理能力，什麼也做不了。

照顧重傷的父親整整一年後，肖念偶爾會在夜深人靜時產生錯覺──躺在床上的父親無聲無息流下眼淚。

而他和母親必須負擔接踵而至的醫療費用，還有後續的照顧，生活上出現各種困難。

巨大壓力之下，肖念更加奮發念書，跳級提早完成學業，並和母親商量搬回醫療技術進步的Ａ國，或許哪天就有新的療法能夠治療植物人。

肖念想，只要再撐個幾年，等他有了穩定收入，母親就不會這麼辛苦了。所以，他用超乎常人的努力，度過每一個深感疲倦的夜晚。

搬回Ａ國，肖念以為一切會漸漸好轉，殊不知，這些都是他的美好想像。每天回到家，看躺在床上的人影從未有任何改變，他感到灰心，卻也明白父親不可能會好。而這樣的日子，可能要過十年、二十年，甚至三十年，直到父親停止呼吸的那一刻。

然而，儘管再悲觀，肖念也不曾想過要靠人工結束誰的生命。因此，他始終想不透，為什麼母親可以動手得決絕，一點餘地都不留。

直到他在搬家時，無意間發現她藏在櫃子裡的健康檢查報告──胃癌末期。她不想成為兒子沉重的負擔，最後選擇帶走了動彈不得的丈夫。

從客觀面來說，這是最好的結果。肖念得到父母身亡的相關保險理賠和餘下財產，他也不用再耗費心力照顧臥床者，不必疲於奔命於打工和課業之間。

他只是沒了一個家而已。

宋知一的眸中閃過一絲不捨，但他掩藏得很好，因為他清楚，對失去一切的人來說，刻意安慰往往會帶來反效果。

每個人都是獨立的個體，沒有人能夠完全感同身受別人的處境，不論彼此間有多

親密。

「肖念，你一定也清楚，這只是巧合。不論你有沒有說出那句話，對方早已計畫好殺人，即使在不同的時間點，這件事一樣會發生。」

「你跟某個心理師說的一模一樣。沒錯，那個人早已決定要傷害我爸，根本難以預防。但為什麼⋯⋯剛好是我呢？」

他自問過很多次，偏偏沒有答案，所以他只能責怪自己。這是一個扭曲的循環，他很清楚，卻擺脫不了心魔。

肖念退開了點，他隔著厚重毛毯，將手輕輕貼在宋知一的腿上，「你知道我為什麼一畢業就選擇來這裡嗎？」不等宋知一回答，他自顧自地說：「我沒辦法拿手術刀。」

他一拿起手術刀，就會想到用手術刀割腕自殺的母親。

她竟然可以對自己這麼殘忍，若不是骨頭，否則力道之大、傷口之深，鋒利的刀能硬生生切斷手。

那天，鮮紅鮮血流了滿地，整張照護床盛放猶如玫瑰般的大紅，她靜靜地依偎在丈夫旁邊，像是安然睡著了一樣。

事發後，所有的色調映在肖念眼中特別鮮明，卻是他人生中最灰暗的一天。最後，他只

第五章

能像個逃兵似地連夜離開，前往人生地不熟的Z國就讀大學。

基於「以父親為榮」的執念，他還是決定要成為一名外科醫生。

讀書期間，他在學科方面表現優異，他以為他早已調適好，不再受到太大影響。

然而，進入臨床實習，卻出了很大的問題。

肖念第一次在手術房握起手術刀，呼吸無預警地變得急促，雙手不自覺發抖，他出現嚴重幻覺，看見母親朝自己手腕狠狠劃下，然後昏倒在地。

老師和同學們都很擔心他，他嘴上說沒事，可只有他自己知道真正的原因。

情況始終沒有好轉，總不能拿病人的生命開玩笑，他一度覺得自己得放棄這個執念。

偶然間，他聽見一位癌症末期病人，跟主治醫師說想去永生申請安樂善終。思考一陣子後，他決定應徵永生的醫師。

永生的專業培訓並不包含進入手術房，因為會來這裡的病人，需要的不再是身體上的治癒，而是心靈上的解脫。

憑藉學科理論幾乎滿分的硬底子，他順利應徵上了。

「在這裡待得越久，我越覺得，我好像只能待在永生。我連父親的期望都做不到，只能送他們一個個離開……」

他見證過太多死亡，這一瞬間，前所未有的疲憊感，如洪水猛獸般侵蝕他的精

神，逼得他閉上眼睛，把自己跟外界完全隔絕，貌似這樣就再也不會受到傷害。

宋知一沒有叫醒肖念，他的手輕輕撫過髮絲，深邃眼睛轉向窗外，溫柔低喃：「好好睡一覺吧。」

讓亞歷斯克幫忙把人安置到床上後，宋知一坐在床沿，一雙黑眸更加深沉。從落地窗灑落進來的冷白月光，又或者床頭暖光，都入不了他的眼。

沉默片刻，他拿出手機傳訊息給徐海帆，「有事。」

徐海帆秒回：「你在這個時間點傳訊息，肯定不是好事，是鳥事。」

宋知一不否認「鳥事」一詞，他垂首看向躺在床上的人，他的細緻眼角似有水珠凝結，俊秀面容眉頭深鎖，即使深眠也並不安寧。

他回覆：「我想加快審核時程，你去申請。」

徐海帆把剛喝進嘴裡的咖啡，一股作氣全吐了出來，手指打字飛速，「加、加快？你瘋啦？」

「沒瘋。只是想早點結束，而且差不多都準備好了。」

徐海帆深呼吸一口氣，「當然沒問題，只要跟夫人說一聲，大概不到一個月就會核准了。那你決定要跟肖念坦白了嗎？」

「除了加快時程，其他事，我不打算更動，就按照當初說好的。」

徐海帆差點吐血，忍不住坦白，「知一，你別以為我沒注意到⋯⋯肖念跟你一樣

是倖存者，你們早就認識吧？」

他總覺得宋知一不對勁，他對待肖念的態度太過與眾不同，不，應該說是獨一無二，就算他瞎了眼，也能感覺出兩人關係匪淺。

宋知一的訊息停了。

過了一分鐘，徐海帆又傳，「你別裝了，不認識人家的話，你會借他衣服？又關心又照顧？連床都給人家躺過一回！我當你經紀人十多年，你摸著良心想想，你哪一次這樣精心呵護過我了？」

宋知一回：「你需要嗎？」

甚至是帶句號的肯定句，看著就氣人。徐海帆嘆了一口氣，「我看得出肖念對你不單純只是粉絲的喜歡。而你⋯⋯好吧，我先說，我不反對藝人戀愛，異性、同性都是。談戀愛這事，圈子裡多了去，只是有沒有被爆出來、當事人公不公開承認而已。」

「嗯。」

「你到底對他什麼想法，能給我個準確意思嗎？」

宋知一簡短含糊地回應，徐海帆也不知道他到底懂不懂自己的意思。他心裡得先有底，才知道後續要怎麼樣面對肖念。

這次宋知一倒是沒有猶豫，他很清楚自己喜歡什麼、執著什麼，又想追求什麼，

一旦確立目標，從不改變，一條大路就這麼直直地走，鮮少轉彎。

「我喜歡他。」他同時對著肖念開口。

從十三年前開始，從收下一個無法填飽肚子的小饅頭開始，這想法在接下來的陰暗記憶中瘋狂滋長。

每每把那瘦小的孩子抱在懷裡，他都得極度克制且壓抑這個荒謬念頭。

如今，這些念想只化成一句簡單的話，交代了出去。

看見這句話，徐海帆覺得天打雷劈。

「好，我懂了。」他嘆了一口氣，最後附上兩句，「那我多勸你一句。丞子哥……已經走了，這個事實，你得接受。」

宋知一的手一縮，目光中帶著難以看透的意味，「我就是因為接受了，才會一路堅持到這裡來。」

這是最後能證明他曾存在，並深刻愛過他的東西了。

他將手機放置到床頭櫃上，往後靠在椅背上，一向冷靜沉著的俊雅臉孔，難得露出沉痛神色。

夜深人靜，往往是他剖開內心傷口的時刻。

「是啊，我也明白很多事都是巧合，卻也忍不住問自己，假如我當初沒有離開，他是不是就能活下去？」

第五章

宋知一心裡也有很多無法解答的問題,長期以來折磨自己。

「丞予哥,你獲得幸福了嗎?如果你還認我這個弟弟,就請你⋯⋯讓肖念也獲得幸福吧。」

★

肖念醒過來的時候,發現自己躺在陌生的床上。不,倒也不算陌生,上次喝醉酒,他躺的也是這張床——宋知一的床。

居然說話說到一半,就進入深沉睡眠,連被人搬動都沒有清醒。肖念不禁扶額驚嘆,腦中頓時浮現失去意識前,抱著宋知一的畫面。太魔幻的場景,他不敢再回憶。

過了這麼多年,他對宋知一來說,只是茫茫人海中一個不起眼的粉絲,根本沒實質上的交流。他們早就不像小時候那樣親密無間、生死與共,虧對方還能接受他的無禮要求。

此時,有人敲了敲門,亞歷斯克探頭進來,端著一杯冒出熱氣的牛奶,小心翼翼放到床頭櫃上。

「你醒啦!知一說,早上喝杯熱牛奶,對胃比較好。」

「謝謝你,昨天是你把我搬到床上嗎?」

亞歷斯克搖搖頭，拍了拍乾癟的二頭肌，「我平常沒在運動，連抱一隻狗都會手痠，我稍微出力幫忙抬你的腳而已，是知一把你搬上去的，他的手勁很大！」

「對了，昨天宋先生的保鑣沒來嗎？」數度碰巧錯過，彷彿是一對同極相斥的磁鐵。

亞歷斯克眨眨眼，「保鑣？」

「就是只有晚上才過來照顧宋知一的保鑣。」

「啊？」他眼珠一轉，赫然想起什麼，瞪大眼睛猛力點頭，「喔，對對對！差點忘了，他休假，哈哈⋯⋯」藍色眼珠左右飄忽，顯得有點尷尬。

「對了，你知道他叫什麼名字嗎？為什麼晚上才過來？」

亞歷斯克嚥下一口口水，果斷朝門口走去，「他姓『何』，其他事情我不太清楚，你自己再問知一。啊！知一跟海帆哥出去了，我還有事情要忙，你自便。」

說完，他落荒而逃，眨眼就沒了人影。

肖念心想，亞歷斯克的反應怎麼好像見鬼一樣。

瞄了一眼牆上的時鐘，早上八點，還有時間夠他回去沖澡。於是，他返回住處，盥洗完，換過一套乾淨衣服，前往辦公室。

剛要打開辦公室的大門，一個人出聲叫住他，「肖醫師。」

第五章

一個金髮藍眼少女臉上掛著淺笑，拄著拐杖迎面緩緩走來。

這是一張吸引路人回頭多看幾眼的標準西方美女面孔，美中帶點瑕疵的是，細緻光滑的左臉頰上，貼著巴掌大的OK繃。

肖念倏然一怔，「莉莉小姐？」

來人他認識，沒想到，會有再見面的一天。

第六章

車子行駛在狹長的濱海公路，太陽映照在海面，波光粼粼，一望無際的海景，令人感到心曠神怡。

徐海帆瞥了一眼車內後照鏡，「夫人難得說要親自見你一面，我感覺她挺火大的，你待會別給我亂說話。」

宋知一淡淡「嗯」了一聲，這無所謂的態度，讓徐海帆又煩躁起來，下意識用力抓撓頭髮。

徐海眼睛拉回視線，徐海帆忍不住破口大罵：「你那塊好像稀疏不少。」

「還不是你這小子！我為了你的事，都不知道死了多少個腦細胞！」尤其是昨天的深夜愛情會客室。這話他可不敢說出口。

「抱歉。」

徐海帆猛然一頓，連帶踩了下煞車，幸好這條路上本就鮮少車輛經過，才沒造成追撞事故。

第六章

想讓徐海帆閉嘴，兩個字就很有用。宋知一說完便閉上了眼睛。

車子一路開向建於懸崖上的獨立豪宅，門口警衛看見車，彎腰問好，確認來人後，打開大門放行。

停好車後，宋知一和徐海帆一起進入屋內。

少婦站在巨大落地窗前眺望海景，一身純白褲裝襯托出保養得宜的好身材，幹練成熟的打扮，散發出一股震懾人心的威儀。

徐海帆率先鞠躬問好，宋知一才跟著點頭。

「海帆，你先出去吧。」

「是，夫人。」轉身離開前，徐海帆悄悄用手肘頂了頂宋知一，用腹語再次低聲警告他不要亂說話。

宋知一沒理他。

「海帆提交申請，我批准了。」少婦凌厲目光一掃，「你還沒鬧夠？」

宋知一像個乖乖挨罵的小孩，但口頭上並不妥協，「我只是認真在做答應過的事情。」

「永生是我為了丞予辛苦建立起來的地方。我看著唯一的兒子，在這個地方沉眠，你以為，你能取代得了他嗎？」

「夫人，我從沒有這樣想。」宋知一的態度依舊不卑不亢，即使面對這個讓許多

人戰戰兢兢的人，也絲毫不退卻，「不是您的話，我永遠離開不了孤兒院，哪怕您起初的目的是為了我的身體。」

聞言，少婦瞠大雙眼，不敢相信自己聽見的。好半晌後，她氣勢稍減，「你……怎麼知道？」

宋知一面色平淡，彷彿說的事情與他無關，「不知道您還記不記得，我離開何家前一天，您跟丞予哥在房間裡說話，我就在外面。」

已經出現發病前兆的何丞予，好不容易結束電影的拍攝，回家休養。心急的何夫人立刻取消所有工作會議，趕回家確認兒子的身體狀況。

「媽……妳不用擔心，藥物治療可以控制一段時間。不過，自體免疫問題遲早會發生，爸以前不也是這樣？告訴妳一個好消息，我入圍這次的影展了，死前若可以多拿一次獎，那我也就沒遺憾了。」

年少的宋知一靠在冰冷的門上，一動也不動。

「藥物效果有限，真正有用的還是器官移植！這就是我帶知一回來的原因，你不是早就知道了嗎？」

這一刻，宋知一才驚覺，他發現了一個祕密——關於自己的祕密。

在孤兒院裡，他並不受院長和老師的喜愛，跟其他孩子也不親近。他天生話少、不愛笑，套句院長的話⋯⋯不懂得推銷自己，難怪一輩子離不開。

第六章

年紀越大，被收養的機率越渺茫。眨眼間，他快滿十四歲了，等到十六歲，他就得自力更生。

某天，一位穿著華麗的少婦走進孤兒院，她送了很多禮物，出手相當大方。宋知一站在角落靜靜看著，他很清楚，不管有再多禮物，最後都不會到他手上，他也毫無興趣。

少婦要求院方提供院內所有孩子的身體檢查報告，不限年紀。以領養人的角度來看，這是一件再正常不過的事，沒有人想要收養一個身體孱弱的孩子。

結果宣布，少婦要領養宋知一，上從院長，下至三歲孩童，全院皆震驚極了。但有錢人的想法不需要旁人質疑，院長拍了拍宋知一的肩膀，眼中帶著羨慕說道：「小宋，你真是走了大運！」

這時的少年連個像樣名字都沒有，僅憑嬰兒襁褓布上繡著的「宋」字，一直以來以「小宋」為名。

少婦帶走宋知一後，又帶他進行了一次精密的身體檢查，光是血液就抽了好幾管。他沒去探究原因，只是默默跟在少婦身旁，從不開口發問。

離開孤兒院那天，剛好是他的十四歲孤兒紀念日，也是他第一次見到何丞予。溫雅青年露出好看的笑容，站在門口迎接他的到來，開心分享有了弟弟的喜悅，然後拿下戴在手上的皮革手環，套進少年的手。

「這是哥哥送你的生日禮物。聽院長說，你還沒有名字，我幫你想好了，就叫『知一』吧。」

年幼的宋知一靜靜地看著青年，內心升起一股從未有過的情緒，無法解釋。

「媽說你的姓氏可以保留，不用特地改。嗯，宋知一。」青年念了一遍，又笑了，「挺好聽的，對吧？」

宋知一眼中全是對方的笑容，這是他第一次看見如此耀眼的人。

這個人賦予他生存的動力，讓他盲目追尋，學習對方做過的所有事情，努力獲得表揚及讚賞。不知不覺，塑造出了演員「宋知一」。

在離開孤兒院後，何丞予幾乎占據他生命的全部。而何夫人完全不像需要陪伴孩子的母親，根本沒人知道她領養了一個孩子，也沒人知道何丞予多了一個弟弟，他們藏得非常好。

每當何丞予拍攝完一部作品，都會放段長假休養身體。他會趁這時候悄悄帶宋知一四處去旅行，用不同角度看待世界。其中，他最喜歡指導宋知一演戲。

「來，你看看這個劇本。」何丞予笑著問：「如果是你，你會怎麼演這段？」

那角色一無所有，幾乎失去一切，甚至身患殘疾。導演大概是失去良知，才會不遺餘力地虐待主角。

這時的宋知一剛滿十五歲，五官長開後，越來越俊秀好看。他在短時間內記住台

第六章

詞，抬頭看向面前的何丞予，目光乾淨清澈，「跟你演一次嗎？」

他們常常玩試鏡遊戲，感覺來了，就即興展開演出。

見何丞予點頭，下一秒，宋知一投入情緒，深邃眼睛充滿濃厚哀傷，情緒張力極強，很快把對手拉進角色裡。

「你演得真好，我快沒東西可以教你了。」

許是角色際遇跟宋知一有相似之處，他落下眼淚的瞬間，何丞予竟感到一絲心疼。氣氛使然，他伸手抱住宋知一，才意識到他脫軌演出。他低聲在宋知一耳邊說：

宋知一的情緒收放自如，跟剛剛潸然淚下的樣子截然不同。

他猶豫片刻，也伸手抱住何丞予，好溫暖，溫暖到他捨不得放開手。

何丞予聞著屬於宋知一的少年氣息，內心湧起想要一輩子抱著對方的荒謬念頭。

他突然鬆手，拉開兩人的距離。

宋知一沒有多想，話鋒一轉，「丞予哥，為什麼乾媽會領養我？」

每次聽到這個問題，何丞予的神色都會變得古怪。他張了張血色偏淡的雙唇，卻什麼都沒有說出口。

「我覺得，乾媽不喜歡我。」對著何丞予，宋知一向誠實，毫不掩飾。

「嗯……她私底下其實也有關心你，但原因……她主要是想找個人陪我，畢竟她工作太忙了。放心，她的選擇很正確，我很喜歡你，你很特別。」

何丞予緩緩低下頭，微微縮起身體。他的骨架偏纖瘦，因此看起來特別脆弱。

「知一，不要懷疑自己，我相信，你未來會成為跟我一樣，甚至比我更好的演員。」他笑了笑，「等你站上頒獎台時，別忘了感謝我。」

宋知一覺得領獎離自己太遙遠了，現在的他，只要能看到何丞予出現在螢光幕前，就覺得心滿意足。

一切平凡又美好，直到他聽見何夫人跟何丞予在房間的那段對話。

原來，何夫人選擇領養他回家，是為了何丞予的身體。

他們家族有非常罕見的遺傳性自體免疫疾病，一旦患者出現白血球指數異常，身體器官相繼受到不同程度的影響。初期可以用藥物控制發炎反應，然而嚴重惡化，會讓器官快速衰竭，器官移植就成了唯一解法。

所以，他們需要一個能夠完美匹配的人隨時待命，並且願意主動捐贈器官。

何夫人並不是真的要宋知一的命，只要一點肝或一顆腎臟，就有機會挽救何丞予的命。

她不願意放棄宋知一這根救命稻草，因此下意識和他保持距離，避免培養出感情，使自己動搖。

她保持冷血，時常說服自己，以宋知一的條件，能被她領養已是天大的好運，他應該要懂得知恩圖報。

第六章

何夫人昧著良心勸說何丞予時過於激動，雙方有些爭執，兩人都沒發現宋知一就在外頭。

最後，宋知一默默離開這個劍拔弩張的情況。

何丞予緩緩地吐出真心話：「媽，我無法對知一做出這麼殘忍的事情，妳打消這個念頭吧。」

「你在說什麼──」

「媽，我的身體，我自己作主！妳也別去要求知一，他是個善良的孩子，為了救我，他絕對會答應⋯⋯但我不想傷害他。」

宋知一以為自己有了家，沒想到他們只是在算計如何拿走他的器官。

就算現今的醫療技術，能讓少了器官的他猶如正常人一般生活，然而內心也因此變得千瘡百孔。

「我不想讓他覺得⋯⋯我只是在利用他，因為，我是真的喜歡他。媽，我希望從現在開始，妳可以真心把他當作兒子看待，這樣如果有一天我離開了⋯⋯妳也不會孤單一人，知一會永遠陪在妳身邊。」

強悍如她，從未在旁人面前露出悲痛之色，這一刻，她卻在何丞予面前，忍不住痛哭失聲。

「我的兒子⋯⋯」她很想控制自己的情緒，一顆顆晶瑩淚珠卻不斷落下，怎麼擦

也擦不完，貴氣優雅的妝都花了，「為什麼……偏偏是你啊？」

何丞予也想知道，可這世界上很多事情沒有正確解答。之後，宋知一突然失蹤，偌大何家上下都找不到人。何丞予心中驀然升起一個糟糕猜想——他離開了，是因為無意間發現真相，而對自己失望嗎？

何丞予坐在宋知一的房間裡，神色黯然。他疲倦地閉上眼睛，手背搗著眼，流下無聲眼淚。

「為什麼，偏偏是我呢？」

宋知一離開別墅後，漫無目的地在街道上走了好一陣子。路上行人來來往往，對比他的孤身一人，顯得諷刺。

他冷笑，原來對家來說，他從頭到尾都是外人。

宋知一心思相當細膩，時常觀察周遭人的反應。他不是沒感覺，只是說服自己不去深思，放任自己沉溺在這個得來不易的溫柔裡，未料卻被狠狠捅了一刀。

他有自知之明，那些溫柔從不屬於他。可既然明白，為什麼還會心如刀割？無處可去的空虛感，著實比想像中難熬。

所以，當有個男人明顯抱有目的地問宋知一要不要跟著走時，他像是自我放逐般答應了。他一心想逃離有關何丞予的地方，不計後果。

跟著男人輾轉來到R國，男人下達了命令，要他尋找和家人走散的年幼孩童或是逃家青少年。他隱約覺得不對勁，所以在關鍵時刻，他讓跟著自己過來的小少年逃跑了——亞歷斯克。

緣分如此奇妙，數年後，兩人偶然碰見，成了關係不錯的朋友。

他擅自放走亞歷斯克，男人非常惱火，一氣之下拿了手邊的各種東西砸他，尖銳物在宋知一白皙的臉上，劃出好幾道猙獰傷口，霎時間血流如注。

男人發洩完情緒後，丟了些錢給他，叫他自己去買藥處理傷口。

宋知一先胡亂止血，才上街去附近的藥局。這時，他碰上一個熱心的醫師。

宋知一身旁沒有其他大人，擔心傷口感染，醫師決定帶宋知一回醫院包紮傷口。

一路上，不管醫師問了什麼，宋知一都不願意開口，拒絕跟人交流。

見狀，醫師嘆了一口氣，走進急診區拉了台醫療推車，仔細消毒上藥，再小心翼翼包紮。

「過兩天你再來這裡找我換藥，記得別碰水，萬一傷口感染，還得吃抗生素。」醫師拍了拍他的頭，溫柔地說：「放心，好好照顧的話，臉上不會留疤。雖然這些傷口看起來不像你好不容易開口說的『跌倒』，不過有任何需要，就來找我。我是和平

醫院的肖醫師。」

宋知一把男人給的錢塞進醫師手中，對方卻拒絕了，把錢放回他手掌，讓他牢牢握住。

他愣愣盯著手裡的錢，回神後，秉持何丞予教他的基本禮貌，行了個九十度的鞠躬大禮，快步跑開。

肖醫師臉上流露出惋惜之色，希望這個年輕病人，能夠主動開口向他求助。

回過頭，一個可愛的小男孩背著書包朝著他跑來。

「爸爸！」小男孩抱住他，笑得很燦爛。

「你又來給爸爸送便當啦？真乖！」他親暱地摸了摸小男孩的頭，牽起小小的手往休息室走去。

父子倆的背影看起來如此幸福。

不遠處的宋知一牢牢盯著這個畫面，心底忽然升起一絲羨慕和好奇──這個世界上，真的有人願意無償幫助陌生人，不像何家一樣帶有目的嗎？

他不相信。

兩天後，宋知一按捺不住心中鼓譟，瞞著男人去醫院找肖醫師。

肖醫師一眼就認出他，招呼他過來換藥，「你的父母怎麼沒有跟你一起來呢？」

「我沒有父母，只有乾爸。」對外，男人讓他這樣稱呼，以免引人注意。

「原來是這樣啊。」肖醫師下意識伸手摸了摸宋知一的頭,「孩子,辛苦你了。」

宋知一驀然愣住,不知怎麼回事,眼淚驟然一顆接一顆地滑下,完全止不住。

這種時候,居然是一個素昧平生的醫師,毫不吝嗇地給他一個溫暖擁抱,輕聲安撫,「沒事了、沒事了……」

他人生中第一次大哭,獻給了一位溫柔待人的醫師。

此時,不遠處的肖念愣愣凝視抱著父親難過痛哭的大哥哥,心想一定是他的傷口很痛,才會哭成這樣。

他在心中暗自期許,下次大哥哥又不小心受傷的話,他也要安慰對方。

可是他不像爸爸一樣厲害,該怎麼做呢?啊,他可以送大哥哥好吃的小饅頭,只要肚子不餓,難過就會慢慢減少了。

接連幾天,宋知一以尋找目標為藉口出門,實則到醫院觀察肖醫師。

偶爾,肖醫師餘光注意到他的蹤跡,會招手喊他過去檢查傷口。肖醫師離開後,他又獨自待在某個角落發呆。

胃裡忽然一陣翻攪,他搗著生疼的地方。大概是因為好幾天沒正常進食,那個男人高興了就會給他東西吃,不高興就拳打腳踢,就像在養一隻小狗。

此時，有個小小人影小心翼翼地走上前。

察覺有人靠近，宋知一抬起頭，馬上認出對方是肖醫師的兒子——肖念。

父子倆長得很像，笑起來時眉眼彎彎，渾身散發出真誠且溫暖的感覺。因為年紀小，對方還透著一股可愛氛圍。

「這個是我媽媽做的，很好吃喔！」肖念認真介紹，把一顆五顏六色的小饅頭塞到他手裡。一看就知道，食用色素含量驚人。

宋知一低眸凝望很久很久，幾乎忘了飢餓，直到肚子傳來的咕嚕聲提醒他，他才用手輕輕撕開，一口一口地吃起小饅頭。

麵包香氣撲鼻而來，充斥他的感官，「很好吃……」他喃喃說著：「謝謝。」

宋知一知道自己的力量很微薄，但他仍想在這個骯髒混亂的地方，好好守護肖醫師一家人。

當恐怖攻擊來臨時，他想都沒想，冒著隨時會有第二波攻擊的危險衝進醫院。幸好，他在樓梯間找到了人。可是肖念受到玻璃爆裂的波及，身上有許多割傷，昏迷倒地不起。

他背起無意識的肖念，朝空曠戶外逃難。

這個過程很短，對他來說卻十分漫長。因為他很害怕，怕背上的人早已斷氣。

「不要睡，肖醫師一定在找你——」他不斷重複，更像是在鼓勵自己不要放棄。

可悲的是，肖醫師沒找到他們，反而先被那個男人發現了。

「你撿一個半死不活的小鬼回來，是要害死老子嘛！」

男人氣極，但眼下要趕緊撤退，否則很可能殃及自身。他粗魯地把宋知一拽上車，逃往同夥躲匿的地點。

對男人來說，宋知一沒有多大的價值了。於是，他把宋知一跟肖念轉賣給另一個規模更大的同行，順利拿到錢後，頭也不回地走了。

宋知一完全沒有留戀，這些大人有如早已腐敗的爛泥。他的當務之急，就是保護好肖念，直到肖念有天可以再和肖醫師重逢。

在無數個日夜輪替後，他深刻體會到弱小的悲哀——連個像樣的武器都沒有，何談反抗？

活著變成最基本且唯一的要求。

他時時刻刻提醒自己忍耐，衝動行事只會讓肖念跟著倒楣。他仔細觀察並記錄這些人的固定作息，尋找逃跑的機會。

這一等，足足花了半年。

他永遠記得那個滿天星星的夜晚，他朝瘦小的肖念伸出手，語聲沉穩，「小饅頭，你要跟我一起逃跑嗎？」

肖念想都沒想，用力點點頭，「嗯，不管星星哥哥去哪裡，我都跟著你。」

完全的信任，沒有絲毫懷疑。

宋知一偽裝兩人縮在角落睡覺的假象，牢牢牽起那隻小手，從他們挖了整整一個月的狗洞，鑽出破舊的鐵皮屋。

道路盡頭一片漆黑，看不見半點亮光，但他們仍用盡全力奔跑，哪怕氣喘吁吁、雙腳快失去力氣，依舊沒有停下。

見肖念撐不住了，宋知一果斷背起他，繼續向前跑。

肺裡的氧氣存量跟不上消耗速度，瀕臨窒息的感覺很痛苦，他還是沒有放慢腳步。

「星星哥哥，跑到盡頭的話，我就會看見爸爸媽媽了嗎？」

長期營養不良，肖念的體力好不到哪裡去，疲憊的他連睜開眼睛都很吃力。

「嗯、會的⋯⋯相信我，等你再睜開眼睛，他們就來了⋯⋯」

肖念早已支撐不住，在他說完前就陷入昏迷。

宋知一獨自負重前行，呼吸沉重又急促，周身疼痛不已，但某些念頭推著他繼續前進——

要讓肖念回家。

我要保護他。

第六章

還有……告訴何承予，你想要什麼，我都給你，這是「宋知一」欠你的。

最後，他夢見自己跑過終點線，然後狠狠摔倒在地。他本能地緊緊護住肖念，所有衝擊都由他承受。

在附近巡邏的警察，恰巧發現倒在馬路中央、險些被輾斃的兩人，把他們帶回去緊急安置就醫，這才破獲一個專門擄人進行非法勾當的集團。

被誘拐的孩子來自世界各地，還牽扯到不少名人，搬上檯面後，震驚了國際社會，鬧得沸沸揚揚。

當地政府做足樣子掃蕩非法分子，並迅速聯絡獲救孩童的家屬前來指認。其中包含何家，他們動用許多人力，始終找不到宋知一，從沒想過原來人在國外收到消息後，何夫人立刻派人接他回去。這次，宋知一不再逃跑，選擇回去何家。

宋知一下午就要搭飛機回Ａ國，他聽醫院的護士說，肖念的家人晚上才會趕到醫院，確認身體狀況穩定後，就會帶他回家。他想，他可能來不及當面跟肖醫師再說一次「謝謝」，並告訴他「我有保護好你的兒子」。

臨走前，他去探望肖念。體力透支加上心理壓力，肖念燒了整整兩天兩夜，整個人迷迷糊糊，說不上幾句話。

宋知一坐在病床旁邊，默默看著肖念熟睡的臉孔。

醫院護工幫忙把人清潔乾淨，他露出一張白皙可愛的小臉，深得護理師們的喜愛。不過，他的臉頰比起半年前瘦了不少，顯得既脆弱又可憐。

那雙眼睛緩緩睜開，目光迷茫，「星星哥哥……我們逃出來了嗎？」

「嗯，大家都得救了。」他淡淡一笑，臉上的疤痕看起來有些猙獰嚇人。傷口沒有好好照顧，導致反覆感染，這張臉算是毀了。

「你很勇敢。」宋知一不忘稱讚對方。

肖念又問：「那爸爸媽媽……要來找我了嗎？」

「他們快到了。然後，我要走了。」宋知一邊說，邊拿下幾乎不曾取下的皮革手環。他溫聲道：「小饅頭，我把它送給你，這是我最珍貴的東西。」

這是他收到的第一個生日禮物，有著非凡的意義。

宋知一小心翼翼地替肖念戴上手環，對方的手太小了，戴上去的比例有些奇怪，鬆鬆垮垮的。

「等我有能力了，我會找你。看見這個手環，我就知道是你。」

肖念本來還想多說，但高燒讓他很快就耗盡體力，不到幾秒又沉沉睡去。

宋知一站起身，緩緩傾身向前，在泛紅發燙的額間，落下一個克制的吻，輕得讓人幾乎沒有感覺。

第六章

「再見。」

他回到了久違的何家。

何夫人看見他臉上的傷疤，饒是平常再怎麼鎮定，也難掩驚愕之色。她立刻找來國內最頂尖的整形外科團隊，希望能夠挽救宋知一的臉。此舉大概也是出於些許愧疚。

宋知一無意得知，在他失蹤後，何丞予生了一場大病，差點要了命。他退居螢光幕後，躲起來休養。而宋知一回國的當天，他私自從療養院所跑了出來。看見迅速消瘦的何丞予，不顧身體狀況跑來找他，宋知一莫名釋懷了，也感到無比心疼。

就算這個人起初對他有所企圖，這一刻，他還是無法丟下他。

過了很多年，他仍會想，若當初他沒有任性離開，或許何丞予就有機會接受他的捐贈，他的生命便不會如此短暫，像流星般一劃而過。

可是轉念一想，沒有那段曲折的磨難，他不會遇見肖醫師，也不會遇見那個全心全意信任他的人。

人生就是在不斷的選擇中度過。他有懊悔，也有惋惜，卻不願意否認實際存在過的人。

看著何夫人，宋知一雖然沒有太多感情，卻能理解她失去兒子的痛楚，也不怪她把何丞予的早逝歸咎在自己身上。

「我懇求您，讓我完成這件事。這是我欠丞予哥的，他死前要求我的唯一願望。」

何夫人緩緩閉上眼睛，面露沉重之色，「隨便你⋯⋯你走吧。」

「謝謝您。」

他轉過身，正要離去，背後忽然傳來喊聲，「知一。」

宋知一的雙眸瞪大了些，瞄了她的手。

多年前的那天，他跟在何夫人的身旁離開孤兒院，曾猶豫是否該牽起她的手。因為其他孩子都是這樣做的，他們會牽著養父母的手，開開心心地踏出生鏽的大門，邁向新的幸福生活。

但是，她的雙手始終垂在身側，握得緊緊的，一點餘地都不留給宋知一。就像現在一樣。

「你恨我嗎？」

宋知一微微揚起好看眼眸，卻沒有回頭，「不，我很感謝您。」

沒有她，就沒有何丞予；沒有何丞予，就沒有後來的肖念。在他的生命中，他們都是非常重要的人。

「是您，讓我的人生有了不同的希望。」

第六章

不用獨自站在落地窗前,看著一對對夫妻帶著孩子來來去去。

宋知一說完便離開,何夫人終究忍不住掩面流淚,但她沒有發出任何聲音,悲傷情緒蔓延在偌大空間中,僅僅她一人知曉。

看見宋知一出來,徐海帆立刻上前關切,「還好吧?夫人有沒有把你劈頭臭罵一頓,還是要把你的股份收回去?」

「沒有。但我想,她很難受。」

徐海帆一副見鬼的樣子,壓低聲音說:「夫人會難受?我只知道,她很常讓別人難受。」

從高級特助到基層員工,人見人怕。

宋知一沒理他,默默回頭看了一眼,然後和徐海帆一起回永生。

「知一,東西整理得差不多啦,那我回去了,還是自己的床舒服。」

路上,他收到亞歷斯克的訊息,他還傳了一個累倒在地的可愛貼圖。

「對了,肖念離開了,我有按照你的嘱咐好好辦事,絕對沒有露餡!」

宋知一回了一個「嗯」字,連句點都沒有附上。

另一端的亞歷斯克氣炸了,「呿,多稱讚我一下是會死啊?」腦筋一轉,他拍拍嘴,「呸呸呸,不能說不吉利的話!算了,我厲害,我自己知道!」

突然,手機螢幕跳出通知,一筆可觀的金額已入帳。亞歷斯克雙眼一亮,所有埋

怨都化作雲煙消散——有錢，什麼都好辦。

永生的正門外，有個身穿黑色大衣、戴著口罩墨鏡的女人在附近徘徊，行跡十分可疑。

見狀，值班保全走出值班室，上前詢問：「這位小姐，妳有什麼事嗎？」

女人摘下墨鏡，眼珠布滿血絲，黑眼圈又深又重，看起來彷彿好幾天沒睡，快要暴斃猝死。這狼狽模樣嚇了保全一跳。

「我想找一位肖醫師。」

「肖醫師？」保全想了想，「啊，肖念醫師嗎？您有跟他約在門口碰面嗎？」

女人搖搖頭，「我沒有約，是有要緊事想要直接找他，能讓我進去嗎？我可以押證件或現金！」

保全面露為難，「不好意思啊，最近出入管制嚴格，除了工作人員和擁有通行證的人，其他人不能隨意進出。您告訴我名字，我打內線電話到辦公室，肖醫師確認後，就可以進去了。」

女人面色一僵，揮了揮手，「沒關係，那我改天再來找他，謝謝。」說完，她急

第六章

忙轉身快步離開，留下一臉不明所以的保全。

「真是個怪人……」保全沒再多管，回到值班室繼續看影集。

女人匆匆躲到一棵樹後，拿出肖念的工作識別證，細細觀察上頭的圖樣，撫摸著紙張紋路，腦中靈光一閃——她很擅長復刻，幾乎讓人認不出來真偽，製作這種東西並不難。

只要能夠進去，她肯定能找到她最想找的人。

「知一哥哥，你放心，不管有多少困難，我都能克服……在他們殺死你之前，我會把你救出來！」

在她的幻想裡，她是宋知一此刻唯一的希望。

而這個識別證上面的俊秀青年，是要殺害她愛人的魔鬼，她會降下懲罰於他，親眼看著他墜入地獄，懺悔殺人的罪孽。

第七章

肖念帶著莉莉到永生公共活動區域內設置的單獨會談室。

莉莉走路的動作不太自然，時不時歪斜扭曲，速度也比常人緩慢。肖念跟在她身後，小心翼翼地保護，避免她突如其來摔倒受傷，臉上又多道傷口。

莉莉是他在一年前接觸的個案。她在花樣年華的十八歲時，罹患遺傳性運動神經元退化性疾病，初期症狀是上下肢無力，逐漸進展到全身癱瘓。這類患者的死因大多是呼吸衰竭，以目前的醫療技術並無治癒可能，只能想盡辦法拉長壽命。

由於永生不接受未成年個案，十八歲是申請的最低門檻，而當時莉莉正好滿十八歲。

第一次碰到這麼年輕的個案，肖念盡心盡力照顧她，三個月後，她主動放棄申請，離開永生。

「我還想再過一段預期之外的人生。」

第七章

對肖念來說，莉莉很特別，不只因為她是年齡最小的個案，也因為她是肖念作為主責經手的所有個案中，唯一一個決定放棄安樂死的病患。

沒想到，一年後，她還是回來了，帶著更堅決的死意。這次重逢，活像命運在跟人開一場無情的玩笑。

她依舊活潑開朗。十九歲，本該是天真爛漫，對未來擁有無限憧憬的年紀。

坐下後，莉莉神色疲倦地嘆出一口氣，行走對她來說，是個十分費勁的體力活，渾身無力的感受相當折磨人。

「喝點水吧，休息一下。」肖念引導她的手，輕輕握好裝不滿一半的水杯。她現在的肌力等級不比往常，任何東西都可能超過負荷。

「謝謝，你真是體貼。」她淡淡一笑，緩了過來。她妮妮道來，「肖醫師，我前陣子都是透過視訊跟機構聯絡面談，主責是艾薇醫師，五天後就會執行了。」

聞言，肖念一愣。

有些個案因為不方便出遠門，所以採用線上申請與視訊會談的模式，直到通過最後步驟審核，才會來到機構，並在七天內執行完畢。當然，這類個案是少數，需要具備特殊條件。

由於莉莉是舊個案，大部分資料仍留存在檔案室，省略了很多步驟，不需要親自

來到永生，進行漫長的等待。

「肖醫師，一年前，我離開永生後，聽你的話多活了一段時間。」她的笑容很好看，有著少女的甜美，可是總有股淡淡且揮之不去的愁色。

「但生病啊，真的太折磨人了。我知道這個病永遠不會好，我不想看到全身掛滿管子的自己，醜得無法見人。要死，就要死在最漂亮的時候。你看，我現在還漂亮嗎？」邊說，她努力站起身，慢悠悠地轉了個圈。

她穿著一身白底的碎花洋裝，美麗動人。肖念默默看著她連續轉了兩、三圈，不知道該怎麼形容湧上心頭的情緒，好半晌才開口：「嗯，漂亮。」

莉莉發出銀鈴般的笑聲，神色調皮地說：「我跟艾薇醫師說，我還有心願想在這五天內完成，她說隨我高興，所以我就來找你了。」她很清楚相關流程，畢竟第一次來時，已聽過一輪。

肖念眼眸一垂，盡量不讓臉上出現多餘的情緒。

莉莉眨眨眼睛，「肖醫師，如果我的願望中包含你這個人，可以嗎？」

肖念手一頓，莫名想到了宋知一。他既沒認同，也沒反駁，「就像艾薇醫師說的，妳想寫什麼都可以。妳會入住後面那個社區吧，行李整理好了嗎？」

莉莉笑道：「嗯，沒帶什麼東西來，反正也剩沒幾天了，呵呵。肖醫師去忙吧，不用留下來陪我。」

第七章

聞言，肖念便起身告辭。莉莉看著他離去的背影，露出一個令人看不透的笑意。

回到辦公室後，肖念想到那個有著烏鴉刺青的男人、再次出現的莉莉，以及記憶中的星星哥哥，和如今的宋知一。

他雙手環胸，靠著窗台發愣，沉浸在足以將人吞噬的情緒漩渦中，抽不開身。

進入辦公室的凱文，看見帥哥定格圖卻無暇欣賞。他擔心肖念再胡思亂想下去，總有一天會逼瘋自己。他刻意大喊一聲，驅散辦公室裡的沉悶。

肖念轉過頭，只見凱文死死地盯著他，一副欲言又止的模樣。

「怎麼了？我臉上有什麼髒東西嗎？」

凱文當即否認，「怎麼會？一樣帥啊！」

肖念知道對方是擔心昨天那場會議會影響他，坦言道：「謝謝，我沒事。有些人早就不重要了。」

聞言，凱文忽然站起身，手上抱著一大疊資料，逕自放到肖念桌上，「那真是太好了！為了讓你轉換心情，這陣子你負責歸檔就好，會面什麼的，通通讓我來！」

不想做文書可以直說。肖念在心中吐槽著。

枯燥歸枯燥，但這也是醫師的工作之一。這疊資料，肖念粗估得整理個兩、三天，眼下他暫時沒心情，打算先擱著再慢慢做。

「對了,凱文。我今天碰見莉莉。她三個月前透過線上申請,已經進入最後流程,主責是艾薇醫師。」

凱文被狠狠嗆了一口,「咳、咳……你、你說那個跟我女兒差不多大的莉莉?」

肖念點頭。

饒是資歷深厚的凱文,神色也不免複雜起來。碰到年紀特別輕的個案,和對待日薄西山的年老者,內心感觸截然不同。

「還是回來了啊……我女兒是她的粉絲,那時候我偷偷要到簽名,她還很開心呢。」

十八歲,是個讓人憧憬的年紀,可莉莉的十八歲,決定走上這條不歸路。

莉莉是童星出身,三歲時因緣際會開始演戲,之後客串了幾部知名電影,出演主角的童年角色,身價因此水漲船高,代言廣告不斷。有傳聞,她不到八歲就賺了足以花上一輩子的財產,是世界上最不得了的搖錢幼樹。不過,她十二歲後就消失在螢光幕前,熱度漸漸退去,知道她的人就越來越少了。

論起出道年分,她還是宋知一的前輩。

「按照規定,是一週內執行吧?那我問問艾薇,看能不能跟莉莉要個簽名留作紀念。」

肖念看了凱文一眼,雖然他平常看來漫不經心,不過在某些事情上比誰都細膩。

傍晚六點，肖念離開辦公室，回到住處。

沒多久，門鈴聲響起，一開門，居然是莉莉。她把枴杖換成了電動輪椅，整個人看起來更嬌小了。

「晚安，肖醫師。」她將手上的資料夾遞給肖念，俏皮地說道：「我寫好了，先拿過來給你看，艾薇醫師還不知道唷！」

「晚上照明不足，妳自己出來，萬一碰到突發狀況怎麼辦？妳可以請人通知我，我去妳住的社區拿。」

「不麻煩。我已經轉來肖醫師負責的這區，就住在左邊、最靠近你住處的那棟！」

此時，又有一道聲音響起，「肖醫師？」說話的正是徐海帆。

莉莉回過頭，正好跟來人對上眼，她愣了一秒，旋即露出饒富興味的笑容。

她和宋知一曾在某個名人聚會碰過面，那時她還是個小孩，宋知一也才剛出道不滿三年，名氣不高。

「我沒記錯的話，是宋知一先生跟經紀人吧？原來網路上的傳言是真的呢。在這裡碰見真是有緣。我是莉莉‧韓森。」說完，她還友好地揮揮白皙小手。

「妳好。」禮貌性打完招呼，宋知一默默看了肖念一眼，那眼神有點微妙。

然而，肖念沒有多注意，他在擔心別的事情——宋知一平常幾乎足不出戶，只有

核心團隊成員知道他的詳細住處。如今莉莉無意間發現，他身為負責醫師之一，為個案做好保密措施是基本要求。

「莉莉小姐，我送妳回去吧。」她主動拉起肖念的左手，表現得很親密。

「嗯，麻煩肖醫師了。」

在第三人面前抽手，對莉莉有點失禮，肖念藉口進屋放東西免除尷尬。見狀，宋知一和徐海帆順勢跟在他身後進屋，一副會在這裡等他回來的架勢。

肖念不解，今天這些人是怎麼了？不在住處好好休息，一窩蜂往他這裡擠？

屋內頓時安靜下來，宋知一瞥了一眼擺在桌上的資料夾。

資料夾是透明的，少女可愛娟秀的字跡映入眼中，然而，上面寫的話，卻讓宋知一再也無法移開目光。

從宋知一的表情看不出情緒轉折，但徐海帆經紀人不是白當的，總能精準察覺某人的高興與否。

他順著宋影帝的視線，探究惹他不開心的緣由──兩句讓他嚇得差點把手機摔到地上的話。

「咳、咳──現在的年輕人思想真開放，死前都還想著要談戀愛⋯⋯」他本想開玩笑緩解氣氛，結果完全失敗。不過，他也感到有趣，認識宋知一這麼久了，頭一次看見這張英俊側臉，在演戲外出現如此富有活人味的模樣。

第七章

宋影帝會吃醋耶！說出去有人信嗎？他親眼看見都不相信。徐海帆忍不住吐槽，「如果我是肖醫師，兩個說喜歡我的人，相繼在得到我的心後奔著去死，那我真想讓這些人死不瞑目。」

宋知一的臉簡直凍成了冰雕，溫度下探零下四度。

沒多久，當事人打開門，「抱歉，久等了，你們來找我有什麼事嗎？」

徐海帆聳聳肩，擠眉弄眼了一下，「我當然沒事！你們聊，我下班了。」

屋內，肖念走到俊美男人身邊，赫然驚覺莉莉的心願清單大剌剌晾在桌上，毫無隱私可言。

他下意識想遮擋，但兩行字更早闖入他眼中──

「我想跟肖醫師談一場戀愛。」

「在安樂死之前，我想穿上美麗的婚紗，和肖醫師辦一場簡單的婚禮。」

肖念總算知道為什麼宋知一不太對勁，他極度懊悔自己不好好收拾，如今百口莫辯。

「我、這個⋯⋯」

「肖醫師，我可以改心願嗎？」

宋知一正經起來喊他「醫師」，肖念職業病發作，反射性回應：「當然可以，你想改什麼？」

眼前這位大明星的偶像人設好像又崩塌了一點，肖念輕咳一聲，「你別跟我開玩笑了。」

宋知一低聲說：「嗯，第二個可以是玩笑。」

言外之意——第一個不是。肖念被他搞得腦袋一時運轉不過來。

宋知一自然而然地伸手握住肖念的左手，跟莉莉剛才的動作如出一轍，「她是你的個案？」

話題順勢一偏，肖念也不想去探究方才宋知一話裡的意思，「嗯，不小心給你看到這個，是我的失職。我沒想到⋯⋯或許她回去後發生了點事。」

「回去？她會來過嗎？」宋知一很會從他人的話裡找重點。說完，他立刻架了個台階，「抱歉，我不應該多問其他人的隱私。」

「你不用道歉，好奇是人之常情。」肖念低頭看著那隻依舊拉著自己、骨節分明又修長白皙的手。

莉莉拉住他的時候，他滿腦子想著如何禮貌且不尷尬地拒絕，輪到宋知一，他卻貪戀這得來不易的溫暖。

第七章

他對莉莉並沒有任何特殊想法，然而，莉莉在經過一年前的相處後，似乎對他產生依賴與不切實際的想法。

這並不奇怪，生病的人內心往往十分脆弱，倘若從家人朋友那裡得不到支持，任何人釋出的善意，都可能成為特別的情感寄託。

肖念心臟一刺，那宋知一會不會也是這樣？

無關於幼時過往，只是因為剛好碰見了，加上是粉絲，所以才屢屢給予特權。

可是，不可言說的是，肖念內心一點一滴萌發的荒謬念頭，讓他覺得自己醫師兼粉絲的身分，和某種特殊感情之間的界線，越來越模糊。

岌岌可危。

翌日，肖念去到莉莉的住處，她正好在屋外的小花園練習走路。

看見肖念，她很開心地打招呼，活像看見了久違的戀人，「肖醫師，你吃過早餐了嗎？我有煎吐司，要不要吃？」

肖念淺笑婉拒，看著她坐回電動輪椅上，視線不自覺鎖定在她纖細的雙腿。

在這半年，莉莉的病程惡化得很快，因此她強烈要求，要在還能走路前結束一

切——她想靠自己走完那條通往永生屋的路。

「莉莉小姐。」他拿出心願清單，「我還沒跟艾薇醫師討論，但我想先和妳聊聊。妳的這些想法⋯⋯是不是跟妳父親有關？」

莉莉臉上的笑容倏然消失，表情像凝上了一層霜，轉換速度之快，令人有些愕然。

「肖醫師，你能答應嗎？你可以不用認真，就像是在演戲一樣。」

肖念的眸色依舊溫和，「我不像妳是這麼厲害的演員。我想幫妳完成的，是妳真正的心願。」

莉莉牙一咬，面上顯露出不甘心，「那我去找別人，總行了吧？」她轉過頭，想起了一個絕佳人選，「對了，宋知一是演員，而且他跟我一樣⋯⋯」

莉莉莫名的偏執讓肖念感到擔憂，「莉莉小姐，他也是個案，很抱歉，我不能同意。」

「那你就答應啊！」她忽然歇斯底里地說：「我都要死了！為什麼你不能可憐可憐我呢？」

肖念的神情轉為凝重，但語氣依舊平緩，不因對方的情緒波動影響立場，「莉莉小姐，我並不覺得來到永生的人，需要讓別人同情或可憐。他們是在清醒狀態下，替自己做出決定，我相信妳也是。比起可憐，我認為這種心情是心疼才對。因為生病的

第七章

辛苦，只有當事人清楚。」

所以，他從不說自己可以感同身受。他頓了頓，「我會盡我所能，減緩妳的不舒服。」

聞言，莉莉稍稍冷靜下來。她美麗又蒼白的臉孔有些失神，唇角勾起一抹帶有自嘲意味的笑，「對不起，肖醫師。你應該對我很失望吧？」

肖念搖搖頭，「怎麼會，妳還是我認識的莉莉。」

忽然，輪胎壓動石鋪道路的聲音入耳，來人著實令肖念出乎意料。

莉莉臉上的憂愁頓時一掃而空，換上一貫笑容，「宋先生早，要不要過來聊聊？」見肖念面色有些為難，她又說：「肖醫師，我和宋先生見過幾次面，關係不錯。同樣是演員，很多話可以聊呢。啊，還要麻煩肖醫師進屋，幫我檢查一下電器，昨天插電的時候冒出火光，我有點害怕。」她眨眨美麗的眼睛，神色無比真摯。

肖念默默嘆了一口氣，起身走進屋子裡確認。

支開人後，莉莉笑了笑，「昨天看到宋哥，我真的挺驚訝的。對了，丞予哥怎麼沒陪你來？你們關係變了嗎？」她貌似關心，問的問題卻句句尖銳。

宋知一的眼皮半抬，輕輕落在莉莉那張如天使般的純潔臉孔上。

遠在他出道之前，他跟莉莉就認識了。

某次，何丞予帶他出國散心，碰巧路過電影拍攝現場。何丞予透過熟人介紹進入

片場，帶著宋知一悄悄觀摩天才兒童的拍攝過程。

後來，莉莉注意到他們，主動上前攀談。

幼年在孤兒院待久了，宋知一看過不少勾心鬥角的爭搶養父母戲碼，察言觀色的能力極強。他直覺認為，這個可愛的小女孩，不似表面純真無邪。她小小年紀，就能在這個圈子裡，靠自己占有一席之地，她不止聰明，還非常懂得把大人玩弄於股掌之間。

事後何丞予跟他說，莉莉的母親不幸在生產過程去世，父親那邊的家族有遺傳性疾病，每代至少出一位患者，她父親恰好是兄弟姊妹中唯一確診的人。治病需要鉅額花費，親戚們怕麻煩，大多斷了往來。

年僅五歲的莉莉，見證父親從能走能跑，到躺在床上猶如雕像一動不動，最後，在她十二歲那年死亡。

諷刺的是，在她八歲因一部電影聲名大噪之後，數年沒見的親戚們一窩蜂出現。年幼的她，在別有居心的親戚面前裝天真無知，私下卻用父親的名義，聘請律師立好遺囑，並規畫好她的酬勞託管，免除被吃乾抹淨的絕境。

她並非因為喜歡而演戲，只是很早便體會到，人活著就需要錢，有錢，才有等待奇蹟的資格。

遺憾的是，她沒有等到，還在父親死後等來另一個壞消息——她身上有同樣的基

因詛咒。

父親死前的痛苦模樣歷歷在目，她不想要那樣的結局。因此，她來到了永生予哥。我真好奇，他們兩個，你更喜歡誰？」她隨意地開聊，輕而易舉揪住宋知一的痛處。

「宋哥哥，我發現你看肖醫師的眼神不一樣唷！以前你也是用類似的眼神看著丞予哥。我真好奇，他們兩個，你更喜歡誰？」

「我很清楚他們的差別。」宋知一淡淡說：「肖念是真心對待每一個人，希望妳不要故意為難他。」

莉莉假裝沒聽見他的話。她透過窗戶瞥了眼在屋內走動的肖念，唇角勾起一抹笑，「宋哥哥，我們來打賭，看肖醫師更在意誰，你說好不好？」

邊說，她的手指操控著電動輪椅，忽然加快速度往山坡衝去。微風迎面撲來，她像隻亟欲追尋自由的小鳥，往高處飛奔而去。

他用生平最快的速度衝上山坡，電動輪椅上早已空無一人。往坡下一看，兩人倒臥在坡底──宋知一的懷裡牢牢抱著莉莉，兩人一動也不動。

肖念餘光注意到山坡上的動靜，雙眼驀然瞪大，心臟彷彿要從胸口一躍而出。跑出屋子前，他按了緊急呼救鈴。

莉莉的雙肩隱隱抖動，像是惡作劇成功在忍笑的孩子。

肖念立刻跑下山坡，他蹲在宋知一旁邊，聲線有些發顫，「知一……」摔下去的

人明明不是他,可他一雙手卻抖得不受控制。

在他驚慌失措之際,宋知一輕輕握住他的手,「我沒事,坡不陡,泥土也軟。」不遠處,救護專車的聲音由遠而近,肖念叮囑他們不要亂動,便去引導急救人員過來幫忙。

趁著肖念離開,莉莉側目掃了宋知一眼,露出勝券在握的笑容,「呵呵,我知道你的祕密了。」話裡的威脅意味十足。

宋知一仰躺在草地上,靜靜看著蔚藍天空,淡淡地說:「妳輸了。」

聞言,莉莉怔住。

「他剛剛只喊了我的名字,完全沒看妳一眼。所以,妳輸了。」語氣理所當然,完全沒管她的威脅,只在意打賭結果。

莉莉反應過來後,拍手大笑,「宋哥哥,看不出來,你也是個瘋子。」

宋知一冷笑,暗想「大概沒妳瘋」。

這場意外驚動了不少人,莉莉主動攬責,說是一時心情不佳,這才會摔下去,而宋知一是為了拉她一把才跟著摔倒。

她流下兩行清淚,神色委屈又可憐。少女的演技爐火純青,即使有些不合理,大家還是相信她的說詞。

宋知一在旁靜靜看著,臉上的表情看不出情緒。

第七章

徐海帆接到消息趕過來，婉拒檢查，便帶著宋知一回住處。見狀，肖念依舊十分擔心，把莉莉送上專車後，連忙趕去宋知一的住處。

他走到主臥門口，就聽見徐海帆破口大罵：「她有沒有搞錯？想鬧也不能這樣說摔就摔吧？幸好沒出大事！知一，你真的沒受傷吧？」

「嗯，沒事⋯⋯」餘光看見站在門口的人，宋知一眉頭微蹙。

注意到他表情的變化，徐海帆疑惑。一轉頭看見肖念，他就懂了——宋影帝一言不合就演起戲。

肖念面色擔憂，「沒事吧？還是，我送你去醫療站做儀器檢查，比較保險⋯⋯」

宋知一神色不變，「肌肉拉傷，吃點消炎止痛的藥就好。」

徐海帆雙手環胸，眼睛微微瞇起，看這場即興發揮的好戲。

宋知一先生真敬業，演戲掛彩噴血都不吭一聲，現在一個小小的肌肉拉傷就痛得唉唉叫？愛演是吧？就給我繼續裝！

內心罵歸罵，他可不敢拆人家的台，甚至還幫忙撮合。

「肖醫師，我等等就要走了，那個保鑣最近休假不會來，晚上你下班後方便過來照顧知一嗎？他最近失眠多夢，你給他講講睡前故事，看能不能讓他好睡點。」徐海帆泯滅良心胡扯一通，但已仁至義盡。

肖念掙扎了一下，最後點頭答應。

艾薇接到通知後，下午特地抽空前往醫療站探望莉莉。

她坐在床邊，美麗眼眸充滿無奈，「莉莉，妳今天開的玩笑有點過分了，我希望妳能好好愛惜自己。」

三個月來的視訊會面，加上心理師統整出的訊息，艾薇發現，莉莉有很嚴重的心理創傷。

父親身亡後，莉莉的親戚也沒有放棄騷擾她，使她的身心瀕臨極限，過了一段奢靡墮落的生活，頻繁進出夜店、酒吧、聲色場所。酒精、毒品和性愛麻痺了她，直到確診罹患絕症，才將她從一灘泥淖中拉出。她開始思考是否要像父親一樣，躺在床上痛苦等死。

一年前，她來到永生，那是她人生中，難得擁有寧靜與溫暖的日子。她很喜歡肖念，因為肖念對她的付出，從來不求金錢或肉體上的回報。所以，她萌生了想要繼續「活著」的念頭。

可是，她又失望了。

外面的世界真的好殘酷，除了父親，沒有人真心愛她。親戚的關愛總有目的，圖

第七章

她擁有的資產、圖她能在產權轉移書上留下的美麗簽名，然後死亡。

可她圖的，只是一顆真心而已。

「莉莉，我很抱歉，讓妳照顧爸爸這麼多年。我希望妳能找到一個全心全意愛妳的人，妳能像個小公主一樣，對他耍賴、撒嬌……穿上漂漂亮亮的婚紗，讓妳最喜歡的人，牽著妳走到舞台的盡頭。」

莉莉突然想起父親臨終前，用溝通板艱難寫下的話。

她躺在病床上，雙眼無神，彷彿連靈魂都被抽乾。她略帶哭腔質問：「艾薇醫師，我是個壞女孩嗎？因為我很壞，所以大家才不愛我嗎？」

艾薇微微傾身摟住她，也被她的哀傷渲染了情緒，「怎麼會呢？妳是我看過最漂亮的女孩子。」

莉莉在鎮靜劑的作用下，很快陷入熟睡，但即使睡著，她的眉頭依舊緊皺。

走回辦公室的路上，艾薇碰上不請自來的凱文。他開門見山地問：「莉莉還好吧？」

「嗯，幸好沒受傷。凱文，我跟你看過這麼多個案，按理說早該免疫了。可是，

一想到她才十九歲⋯⋯」艾薇心生感慨，露出一抹苦笑，「卻幾乎把人生所有能碰上的爛事，都體驗過一遍了。她叔叔阿姨今天還打電話來鬧，我差點不顧形象飆髒話。」

凱文深吸一口氣，「艾薇醫師，肖跟我說了她的心願⋯⋯讓我跟莉莉聊聊吧。」

他故作鎮定地打趣，「如果她願意放棄戀愛，改成體驗父女情，我願意出借自己。」

艾薇有點訝異，「你確定？」凱文向來很能明哲保身，不會多管其他個案的事情。

凱文淺笑點頭，「我也有女兒，所以特別心疼莉莉。換個角度想，如果我是莉莉的父親，也會希望她在最後一刻，能發自內心笑著離開。」

聞言，身為主責醫師的艾薇微微鞠躬，「沒問題，那就拜託你試試看吧。這次真是難為肖了，還牽連到那位大明星⋯⋯」

和艾薇聊完後，凱文回辦公室準備好東西。

將近日落時分，暖黃色的夕陽透過玻璃灑落在各個角落。他穿過長廊來到病房外，輕輕敲門，得到應允後，推開門走進去。

「妳好啊，莉莉，還記得我嗎？我是凱文醫師。」

莉莉轉頭看向他，露出燦爛笑容，「當然，凱文醫師，好久不見。」

凱文深吸一口氣，遞給她一張紙。這本該是給個案填寫的心願清單，此刻換成了

第七章

醫師專用，上面寫了兩個願望——

「希望可愛的莉莉，能將我當作父親，爲期四天。備註：能夠牽著拉長也不錯。」

「在進入永生屋前，希望莉莉可以穿上漂亮的婚紗，我會牽著妳前往所有想去的地方。」

莉莉盯著那張清單，好半晌沒有抬頭。忽然，一滴眼淚落在紙上，模糊了字跡。

凱文溫柔道：「我女兒很喜歡妳，上次我厚臉皮跟妳要的簽名，現在還掛在她房間的牆上。」他猶如一個慈愛的父親，面容和煦，努力讓自己看起來成熟可靠，「我雖然沒有肖醫師帥，但唯一的優勢是，我知道當爸爸的心情。」

莉莉吸了吸鼻子，「不需要任何報酬嗎？」她習慣了以物易物，即使知道對方是好意，仍忍不住試探。

凱文假裝認真想了想，決定再厚臉皮一次，「再給我一張簽名，行嗎？」

她噗哧一笑，抬起頭對上凱文的視線，又哭又笑，像個傻瓜，「沒問題，保證是世界上絕無僅有的絕版簽名。」

肖念在下班前收到艾薇的通知，內心總算稍稍鬆了一口氣——莉莉會轉交給凱文處理。凱文比他有經驗，或許能處理得更完善。

回到住處盥洗後，肖念準備了些輕食，前往宋知一的住處。

屋內一如往常昏暗，他藉由手機燈光走入主臥。宋知一已經躺臥在床上休息，而電動輪椅緊靠在床邊。

床頭燈的柔黃光芒照映在俊美臉孔上，肖念不自覺放輕腳步，深怕吵醒對方。容易失眠的人，一旦醒了，就很難再入睡。

肖念盯著他看了會，突然發現，這好像是他第一次看見熟睡的宋知一。

他忍不住伸手撥開蓋在他額前的幾絡髮絲，誰知道才剛碰到，勁瘦手臂撐在宋知一臉側，彼此的鼻尖距離不到一公分。

宋知一悄然睜開眼，一雙深邃眼睛望著肖念，顯得更黑、更沉，即使是床頭的暖色燈光，都入不了他的眼。他的眸中，只存在肖念的倒影。

「我吵醒你了？肌肉還疼嗎？」肖念不敢輕舉妄動，只能說話轉移注意力。

宋知一含糊地「嗯」了一聲，目光變得有些朦朧，連帶語聲也微微沙啞，「我不打算靠藥物入睡，想試試看別的方法。你躺下來。」

宋知一看起來十分疲倦，肖念便順著他的意思，越過宋知一，在他身邊側躺。

「手借我。」

現在無論宋知一要求什麼，肖念都不會拒絕。相較其他個案，他對這個人的自制力薄弱得可憐。

宋知一拉著肖念的手，十指交扣，是誰的掌心更熱一點，難以判斷。

「晚安。」說完，宋知一又閉上了眼睛。

溫和的燈光靜靜灑散在整張床上，也給這張臉鍍上了柔色，輕易使人著迷。

肖念想起，以前星星哥哥也會牽著他的手一起睡覺，甚至緊抱著他。那時候，他們總是睡得不安穩。

此刻的寧靜出人意料，也莫名使溫熱心臟別有一番觸動。不知不覺，肖念也睡著了。

凌晨五點，肖念驀然醒來，身旁卻空無一人。他猛然坐起身，在一旁的單人座椅上，看見撐著下巴打盹的宋知一。

一本書放在覆蓋雙腿的厚重毛毯上，想來是半夜睡不著，起來打發時間用，沒想到還真的看書看到睡著。

肖念輕手輕腳地下了床,拿過書本,用書籤繩做好記號,闔上。他動作之輕,明明一點聲響都沒有發出,淺眠的人仍意識到他的動靜,懶懶地抬起眼皮。他不禁低聲失笑,「我又吵醒你了?」

「沒有。」邊說,宋知一屈指按了按太陽穴。

「我想,我吵到你休息了。我還是回去吧,這樣你可以再多休息一下。」

宋知一驀然垂首,肖念以爲他默認,正要轉身,背後忽然傳來低而沉的嗓音。

「如果我說,我希望你留下,不用特別做什麼,只要待在我旁邊就好,你信嗎?」

他說這話的語氣十分平靜,卻讓肖念莫名顫動。他腳步一頓,回過頭對上那雙眼睛。

那人目光極輕,卻蘊含某種深重情緒,沉得令人看不透。室內的溫暖,使肖念不知不覺變得安逸,他緩緩蹲靠在宋知一身旁,「我覺得……我的腦袋還不太清醒,才會對你說的話,有了不切實際的幻想。」

宋知一順勢接話,「比如說?」

「我會以爲……我可以做此荒謬的事情。」

宋知一的唇角勾起淺淺弧度,「很巧,我也有些荒謬的想法。」

肖念似乎猜得到他想說的是什麼,那是一種神奇的預感,毫無道理。

果不其然，宋知一的修長指尖輕輕撫過肖念的唇角，彎腰側身——他吻在他的唇上。

這一瞬間，肖念不知道自己是否成了宋知一放棄走向死亡的最後一根脆弱稻草，但他總算明白，那股壓抑在心中、日漸滋長的情感代表什麼。

從經歷顛沛流離又悄然分離，再到螢光幕上每幀有關他的畫面，少年和青年的身影重疊，眷戀和仰慕融爲一體。在跨越長達十三年的漫長時光，濃縮在一個以「腦袋不清醒」爲藉口的吻裡。

宋知一的呼吸輕輕落在肖念臉上，更深地吻了下去。

外頭天色，依舊昏暗。

✦

四天後，莉莉的執行日期到來。

早上十點，肖念佇立於長廊等候，對面盡頭就是永生屋。沒多久，宋知一停在他身邊。

莉莉邀請了他們兩個，見證她走完人生的最後一程。

十分鐘後，穿著白色短婚紗的莉莉，踏著輕慢步伐走來。量身訂製的婚紗，極度

吻合她的纖瘦身型。蕾絲緞面優雅高貴，胸前還有個蝴蝶結，充滿浪漫的少女情懷。

莉莉將金色長髮盤起，以銀簪固定，淡妝素雅，美麗動人。

凱文一身白色西裝，像極了要送親愛女兒出嫁的和藹爸爸。

難得看他這樣打扮，肖念露出笑容，「凱文，你今天帥。莉莉小姐也很漂亮。」

莉莉回以一個真摯笑容。這時的她是發自內心的微笑，不帶任何偽裝。

「肖醫師，謝謝你今天來送我。很可惜沒能跟你談戀愛，如果有下輩子……算了，我不相信這種事。」她不著痕跡地瞥了宋知一眼，臉上又出現調皮神色，「不過肖醫師，我真心祝福你，相信你會找到一個合適的伴侶，不管疾病或健康，永遠對你誠實。」

說完，她踮起腳尖，在肖念的臉頰上落下一個輕吻。

見狀，凱文跟宋知一的臉色都有點微妙變化。

當爸爸就是這樣，看女兒親別的男人，心裡總不是滋味。至於另一位，只有徐海帆才能解讀出他表情中的含意。

莉莉又轉過頭，「宋先生，也謝謝你過來。你是個很厲害的演員，我祝福你能完成心中所想！」

宋知一點頭，「謝謝。」頓了頓，他又說：「一路小心。」

第七章

莉莉優雅地拉起裙子行禮，轉了個圈，裙襬隨風飛揚，就像在展示美麗服裝的天真少女。

她挽上凱文的手臂，開心地揮了揮手，一步步朝盡頭的白色大門走去。

看著她的背影，肖念指尖緩緩蜷縮。

沒多久，艾薇帶著幾名同仁從他們面前經過，托盤上擺著一杯藥劑。

他們僅僅眼神交流，沒有多說什麼，此刻實在無須言語。

艾薇走進房後，按照規定向莉莉解說藥劑效果，「莉莉，妳是我看過最漂亮的十九歲新娘。」

莉莉的唇角勾起，「謝謝。」她轉頭看向凱文，「也謝謝你，爹地。」

凱文耗費極大力氣，才能維持住身為父親的體面，仔細叮嚀：「一次喝完，才不會太苦。」

她端起杯子，一飲而盡，笑道：「這是我最後一次『吃苦』了吧？」她眨眨眼，視線變得模糊。

恍惚之間，她看見一個男人朝她伸出雙臂。

「莉莉，爹地在這裡，讓我抱抱妳——」

她跨出一步、兩步，然後快速跑起來，動作沒有半點遲滯，撲進了男人的懷裡，凱文雙膝跪地，把她溫柔地抱在懷裡，直到她的笑意凝固在唇角，再也沒有呼吸。

半晌，凱文語帶哽咽地說：「跑去天堂的時候小心一點，別再摔倒了。」

凱文走出永生屋時，肖念上前致意，給了他一個擁抱。

他拍了拍肖念的後背，語聲還算平靜，「沒事，這樣挺好的。其實也是我賺到，說好簽一張，她居然簽了十張簽名給我，哈哈……」

說到最後，他忍不住痛哭失聲。

肖念沒有說話，任由他發洩情緒。

人就是這樣，哪怕對一個相處不到幾天的人，也能強烈共情。雖然替他們毅然決然地離去感到悲傷，卻仍將他們曾存在的事實，一輩子銘記於心。

第八章

送走莉莉後，凱文請了三天假回家休息。

肖念也需要轉換心情，他整理起堆積在桌上的文件。

依照規定，從結案日期算起，超過七年的資料就可以銷毀，因此他按照年分做好分類，節省日後的麻煩。

他隨機抽出一本檔案夾，其中一張照片沒有固定好，落到地面，他彎腰撿起，照片上的面孔讓他驀然一怔——何丞予。

何丞予是將近兩年前的案子，他沒有經手這個個案，也從未看過本人，只知道何丞予跟宋知一住的是同一間洋房。

這一刻，肖念腦中忽然閃過某個荒謬的推論。

這麼巧嗎？一次巧合也許是偶然，那兩次，又或者三次以上呢？

這份關於何丞予的資料，本該被徹底封存，除非家人要求，否則沒有人會再次翻閱。然而，肖念卻很難控制自己不去查看。

「宋知一跟何丞予⋯⋯他們沒有合作過。」他喃喃：「沒有任何一家媒體說過他們私下有交情。」

可是，宋知一跟何丞予的作品高度相似，還有類似的人生軌跡——在達到某種成就後，無預警退出影視圈。

最終，何丞予死了，只是無形的力量將消息密不透風地壓了下來，沒有半個人知道。宋知一也會如此，倘若不是有人拍影片傳上網路，不會有人發現，宋知一打算悄然結束生命。

「這個獎，我想獻給一個人，一個始終存在『演員宋知一』心裡的人。」

宋知一息影前說的話，指的是誰？何丞予嗎？

肖念的指尖捏著那張照片，在不安的驅使下，翻開檔案。

紀錄摘要大致描述了個案的家庭狀況——何丞予的父親早逝，死因是遺傳性疾病。母親則是永生的創辦人之一，也是現任董事長。而宋知一，是何家的養子。

從來沒有人發現這層關係，肖念驚愕到好一會兒不能回神。

何丞予以優雅俊秀的形象著稱，舉手投足間流露出的溫和氣質，能推測受過良好的家庭教育。而他進入影視圈後，一路如魚得水，顯然有雄厚的身家背景。

第八章

往下一翻,他看見何丞予列的心願清單。他的字工整秀氣,字如其人,字裡行間透出溫柔的氣息。

「我希望可以跟我最愛的人一起看日出。」

肖念腦中可以想像得出何丞予寫下這句話時的畫面——他選擇好了離開的時點,也深知總有一天會離開,神情參雜悲傷、惋惜與不甘心,卻從未考慮放棄這條路。

那他最愛的人,最後有陪他完成這件事嗎?

手機鈴聲突然響起,打斷了肖念的思緒。見到來電顯示,他指尖一頓。上班時間其實不該接私人電話,可是他仍舊滑開通話鍵。

「我最近有一件想做的事情。」

肖念眨眨眼睛,「你說,我能幫忙的一定完成。」

宋知一的唇角微微勾起,「下週五,我想跟你一起去看日出,附近有適合地點的話,你可以先告訴海帆,讓他安排。」

聽見這個要求,肖念雙肩一顫——宋知一的清單上,並沒有這項。

他深吸一口氣,心懷忐忑地問⋯⋯「怎麼突然想看日出?」

「沒有突然，我不覺得它是心願，而是一件我本來就該做的事。」

是為了何丞予不在嗎？肖念在心裡自虐似地想，是為了何丞予不在了，所以宋知一才會找他嗎？會不會從頭到尾，他都只是個替代品呢？

肖念遲遲沒有回答，宋知一語帶關切，「怎麼了？」

肖念猛然回神，「沒有……只是整理太多資料，太累了。」他努力壓抑心中的不安，不讓對方察覺異樣，「週五我有班，我先安排調動，晚點再過去找你。你今天想吃什麼？」

「你做的都好。」

「嗯。」肖念掛斷電話後，冷靜了一會，決定證實自己的猜想。於是，他用公務機撥打到另一間辦公室。

個案執行死亡日，會有更高層級的人員，根據主責醫師提出的所有資料，做最終判定與核准。跑完流程後，就會去申請管制藥品，並跟個案確認執行的詳細時間。

「琳達小姐，我是肖念。」

女人聲線細膩穩重，聽來閱歷豐富，「是肖啊，有什麼事嗎？」

「我想請問，宋知一先生的執行日期，是不是確定了？」

她的語氣難掩訝異，「咦？你怎麼知道？」因為是上頭直接下達命令，通知剛到

第八章

她這層，醫師端還不知道這個消息。

「是下週五嗎？」

「你消息真靈通，是宋先生親口跟你說的吧？」

他恍然失神，連站起來的力氣都失去了。

「肖？有突發狀況嗎？」

「沒事⋯⋯只是時程突然拉得很近，我發現他還有些事沒完成，要再找時間跟他討論。謝謝妳，琳達小姐。」

肖念表情木然地收拾好桌上所有檔案，拿到資料室歸檔。他如同機器人般，重複著擺放的動作。

最後一份，屬於何丞予的檔案被收進櫃子，用鑰匙鎖上。然而，何丞予的存在，不會封在這個陰暗的格子裡。有個傻瓜，一輩子認真記得這個人。為此，走過他走過的所有道路，終不停歇。

肖念把頭靠在冰冷的鐵櫃上，分不清楚此刻的情緒，「你說你會認出我，希望我陪在你身邊。然後，又決定把我丟下？」

傍晚時分，落日餘暉遍灑綠色草地，盎然綠意和暖黃，混合成最自然的景色。

肖念換過一身米色簡約休閒服後，才到宋知一的住處。

今天只有他們兩個，沒有旁人。

肖念將退冰好的兩塊牛排，先用鑄鐵鍋煎到上色，稍稍放涼後，再用奶油重新煎過一次，熟度恰好控制在五分熟。靜置片刻後端上桌，切開的粉嫩顏色著實漂亮。配菜則是奶油馬鈴薯還有炸蒜片，加上簡單調味的兩顆花椰菜，擺盤點綴。

宋知一目不轉睛地看他料理，直到餐點上桌才開口問：「這些菜是誰教你的？」

「打工的時候。」肖念想起被主廚用木鏟敲頭的慘烈過去，補充解釋，「大學那陣子經濟壓力比較重，所以找了學校附近的餐廳工作，上學方便還供餐。」

他起初應徵的是外場接待，因為外貌出眾，女性顧客為了見他一面，屢屢回訪，肖念不想惹太多麻煩，所以主動請纓轉進內場工作。

沒想到，內場居然是地獄廚房。主廚超級凶悍，稍不順眼，鏟子就飛了過來。可以撐下去的人，都是抗壓能力一流的奇才。

「也算是對烹飪有興趣吧。如果以後我不當醫生了，或許會開一家咖啡店，做些

好吃的東西分享給大家。」

宋知一淡淡一笑，「聽起來很不錯。」

聞言，肖念反問：「如果我現在跑去開店，你會來捧場嗎？」

宋知一的手一頓，繼續優雅地切著盤中食物。

他不願回答時，就會默不作聲。肖念在心中苦笑，想著這個人真的不會因為他改變心意，哪怕顯露任何一絲的猶豫也好，可是沒有。

「我開玩笑的。你不要當真。」他只好給自己找台階下。

吃飽飯後，肖念本來想收拾廚房，宋知一卻主動接下善後工作。屋內有許多友善身障人士的配備，他不用別人幫忙也能獨力完成。

肖念默默走上二樓進入主臥，打開日用燈，房內依舊保持乾淨整潔，幾乎看不到私人用品。

他緩步走到宋知一經常停駐的落地窗前，眸色一沉，思緒飄遠──宋知一常常這樣做，是因為自身習慣，還是在模仿何丞予？

嘆了一口氣，肖念轉過身，不經意在旁邊的玻璃櫃中看到一個相框。它的擺放位置正對窗戶，在這個角度才能清楚看見照片。肖念過來時，燈光大多是暗的，他也不會特意靠近窗邊，所以從未注意到。

那是兩個男人的合照。

左邊的斯文青年坐在電動輪椅上，身穿白色西裝，渾身散發乾淨溫和的氣質；右邊的俊美男人則是站姿挺立，一身沉黑西裝。他們手牽著手，面帶笑意地看著鏡頭。

明明看起來是個幸福的畫面，卻隱約透出一股哀傷。或許是因為，照片裡的主角知道，不久後，他們將會分離。

肖念緩緩走上前，目光牢牢鎖在照片上。裡面的人，他再熟悉不過——何丞予跟宋知一。

直到這刻，肖念才體認到他們深深相愛的事實，原來自始至終，他都是多餘的那個人。

內心毫無預警生疼，難以克制，他不清楚是為了宋知一的傻，還是為了自己的執念。

肖念死死咬住下唇，想藉由生理疼痛轉移注意力，逼迫自己不再想這些令他難以呼吸的事實。

他告訴自己，不到十天了，他和宋知一只剩下不到十天可以相處，不管再怎麼難受，他都要完成宋知一要求的所有事情。

只因為，他愛著對方，他不捨得那個人有遺憾。

就算宋知一心裡的人不是自己，又怎麼樣？他啞然一笑，自嘲般地喃喃自語：「宋知一，你是我看過最耀眼的星星。我也清楚，總有一天，你會如流星般墜落。可

第八章

我仍舊忍不住靠近你，哪怕可能燒成灰燼。」

關上燈，肖念走出房間。走下樓梯時，宋知一正好在中島旁擦拭雙手。乍見肖念的神色透出古怪和隱忍，宋知一操控輪椅靠近，眸色柔和，「你今天看起來特別累。」

肖念淡淡說：「嗯，大概是太久沒好好放假了吧。」

宋知一，你再多給我幾次放縱的機會吧？

肖念對上宋知一的好看眼睛，「我可以抱抱你嗎？」

聞言，宋知一毫不猶豫地張開雙手，任由肖念趴在他的腿上，深埋在他的懷裡。

他細細撫摸柔軟的髮絲，「肖念，要是有更好的工作，就離開這裡吧。」

肖念的聲音悶悶的，「為什麼？」

溫柔的性格且富含強烈共情，在這種地方十分辛苦。

肖念揚起一抹不明所以的笑容，「那我適合哪裡呢？」

宋知一沉默半晌才說：「一個能讓你真心展露笑容的地方。」他的雙手緩緩摸上肖念的側臉，輕輕捧起，目光深沉，「不要再懲罰自己，已經夠了。」

肖念無法別開眼，喉間好不容易才擠出一句反駁，「我哪有在懲罰自己？」一隻手驀然抓住他的腕間，肖念反射性想抽手，對方卻死死扣著他，力道之大，他完全掙脫不開。

「你——」

「肖念，我其實不想逼你，但我發現，我如果不逼你，你會越陷越深。」邊說，宋知一動手解開他手環上的扣環，抽出腕帶。

肖念劇烈地掙扎，卻只能眼睜睜看著那層偽裝一點一點被卸除，他幾乎要精神崩潰，只能無助地向對方乞求，「拜託你不要拿下來……」

宋知一的手取代了手環覆蓋的位置，他的眼中窺過一絲不可輕見的難受，「你說曾經因為我，得到了一個讓自己活下去的機會。那部戲是《失去光的人》。」他的語氣相當肯定。

肖念愣了一下，什麼都沒回答，卻莫名讓人難受。

「當時的林衡想過自殺，因為他失去了一切。」宋知一頓了頓，深深地凝視著肖念，「你也是，對嗎？」

他緩緩挪開手，白皙腕間有道深長傷疤，還有縫線痕跡，可見，這並非單純自殘的傷口，而是曾下定決心要做這件事。

第八章

宋知一的指尖輕輕撫過這條早已癒合的疤痕，淡淡地說：「我很慶幸當初選擇的角色是林衡，是他讓你留了下來。」

當時肖念的心思壓根不在電視上，只是想讓空無一人的家中有人聲，假裝還有人跟他一起待在這裡。他把音量調到最大，希望藉由強烈的感官刺激，取代無窮無盡的空虛感。

電視裡的演員正在痛哭，他也失去了一切。

輕薄卻十分銳利的手術刀抵在手腕上，肖念跟自己好像，也做出了一樣的選擇——他們想結束的不是生命，而是無法擺脫的痛苦。

下一集在短暫廣告後繼續播放，肖念已經下手，但生存本能被疼痛輕易挑起，他略微收手，大口大口地喘著氣。

看著大量鮮血從破裂血管中湧出，肖念突然感到害怕——他就要死了。

再度揚眸，這一幕，演員放下了刀，即使沒有台詞，也能感受到他的撕心裂肺。從他的肢體語言中，迸發出了某種意念：我想活下去。

「就算只剩一個人、就算要面對已經沒有你們的世界。我想讓天堂的你們看見，我依舊努力活著，而不是看到我在地獄受苦。」

演員的自白拉回了肖念的理智。

「小念，如果有一天爸爸不在了，你要把爸爸的精神傳承下去。爸爸雖然捨不得你辛苦，但我相信你做得到，因為你是我的寶貝兒子。」

「小念，你要以爸爸為榮。他用自己的力量救了很多很多人。以後，你也要跟他一樣。」

如果他死了，這些事情就再也做不到了，那爸爸一定會很失望。

肖念鬆開手術刀，隨意找了件衣服，緊緊壓住傷口止血，強烈的頭暈目眩讓他的視線難以聚焦，好不容易才撥出緊急求救電話。

在鬼門關前走過一回的他，再度睜開眼睛時，忍不住在病床上痛哭失聲，盡情地發洩情緒。

肖念會哭，不是因為傷口疼痛，而是在昏迷期間做了一個漫長的夢。

在夢中，他得到了父母的表揚。哪怕是虛假的，都讓他信以為真。

望著肖念脆弱迷惘的樣子，宋知一緩緩拉起他的手，輕聲說：「以前肖醫師曾幫我治療。多虧他，我心裡的某個傷口不藥而癒。今天，換我幫你治一治。」

他眼皮半闔，濃長眼睫十分迷人。粉色雙唇溫柔觸碰手腕上的疤痕，俊美面容透

第八章

出的神色無比虔誠，彷彿在對待極為珍貴的寶物。

肖念愣愣看著宋知一微微傾身，此情此景，讓他幾乎忘了呼吸。宋知一似乎認為效果還不夠好，他抵住肖念的後頸，將人往前帶，自己則多彎了點腰，從對方的目光斜下方貼近。

唇上傳來柔軟觸感，然後逐漸加深，肖念愣了會，回過神後，他下意識推了宋知一的肩膀。那張好看的臉退開一些，但距離依舊近得能感受到彼此紊亂的吐息。

「你⋯⋯」他還沒說完，宋知一又靠向前，堵住了他的口。

肖念一頓，這個人真是太狡猾了，貌似紳士，卻鮮少給他選擇權。

而他明知不可為，卻仍沉浸在不屬於他的溫柔裡，不可自拔。

到了就寢時間，肖念一早已自行上床。

在肖念面前，他從未開口尋求協助，或多或少是想保留身而為人的最後一絲尊嚴。

於是，肖念也極為體貼，等他打理好才會靠近。

剛躺上床，側躺的宋知一手臂繞過肖念，收緊了雙臂，像是張溫暖大網，將人一點一滴包覆起。不可思議的暖意，從四肢末梢一路充盈到了心口。

抱跟平常宋知一展現出的淡然氣質截然不同，由背後擁抱著他。這個擁

「肖念，我想知道，這些年你一個人是怎麼過的。」

肖念想了想，開口說：「我其實沒認真回想過，有時候忙著念書、工作，一年就這樣過去了⋯⋯」

有時候，他走在人來人往的街道上，會不由自主地停下腳步，愣愣看著某個角落出神。他不清楚該去哪裡，即使回頭，也沒有去處。

於是，他會隨機走進某家小店，坐在最角落的位子，為自己點一份甜點。吃在嘴裡的感受十分甜膩，彷彿能稍微忘卻那些令自己難受的事情。

然後，他繼續望著街角。看見對街走來的幸福夫妻，他偶爾會誤認為是父母。等人走近了點，才嘲笑自己的傻。

兀自回味完那段無聊至極的過往，肖念淡淡笑道：「我發現，我好像快忘記他們長什麼樣子。原來不知不覺間，他們已經走了九年。」

九年，他用一秒就能說完。但實際體驗起來，才驚覺有多麼漫長。

「有一段時間，我的腦袋裡總有些不好的念頭。但我想，他們並不希望我往那一方向走，所以，我盡我所能來到這裡。」

宋知一的手收得更緊，周遭頓時陷入一片沉默。

他說完後，低聲說：「肖念，你做得很好，他們會以你為榮。」

肖念漸漸感到疲倦，閉上了眼睛，在心裡做出回答——

第八章

爸，對不起，我沒有變成像你一樣的醫生。你和媽的期望，現在的我一個都還做不到。幸好上天不是太殘忍，讓我遇見了之前跟你們提過的星星哥哥，也就是我喜歡了十年的人。

我會好好送走他，倘若你們能在天堂相遇，請好好照顧他。

至於我，別擔心，我自己一個人，也能過得很好。

★

翌日，肖念在上班前回去住處拿東西，他順手拿起擺在中島上的資料，餘光掃過四周，隱約覺得有點不對勁——屋子裡有些東西的位置不太一樣。

肖念眨眨眼睛，認為可能是精神壓力有點大，所以想太多了。

忽然，手機鈴聲響起，「徐先生你好。」他沉默了一會，認真地聽對方說話，

「嗯，看日出的事，知一有跟我說了⋯⋯」

此時，有雙漆黑瞳孔，一瞬不瞬地透過木櫃縫隙，牢牢盯著正在說話的肖念。

「這附近有個國家公園風景區，眺望平台雖然蓋在懸崖上，但電動輪椅應該上得去。園區是早上八點開放，但用永生的名義申請，或許能在日出前進去，不會碰到其他遊客引起麻煩。」

討論好大致流程後,肖念掛斷電話。

心中某種不安的第六感油然而生,他下意識轉頭看向置物櫃,走近幾步,正要伸手打開櫃子,手機再度響起。

「喂?啊,對,我今天會準備好他的資料,我現在馬上過去辦公室……」肖念邊說,撈起東西就趕著出門了。

肖念走後,木櫃門從裡緩緩推動,一雙手扳著櫃門。

那人使力站起身,拿出手機搜尋國家公園風景區。手機螢幕的亮光,打在那張幾近病態的扭曲神色,顯得駭人。

「找到了!他說的是這裡……」她旋即笑了出來,「再過幾天,我們就能見面了!知一哥哥,我明白你一定很痛苦,我會帶你走……」

四天前,她偽造一張清潔人員的工作識別證,騙過保全進入永生,費盡千辛萬苦打探,總算找到肖念的住處。

永生太大了,清潔人員刻意地詢問宋知一的住所,很容易引起懷疑,找醫師相對合理多了。直覺告訴她,從肖念下手,一定能找到宋知一。

經過這幾天觀察,她發現,肖念傍晚回來盥洗後又會離開,晚上並不住在這裡。

於是,她半夜偷偷溜進屋子裡,四處翻找有關宋知一的資料。

正愁徒勞無功,又氣又累之下就睡著了。她驚醒,恰好碰到肖念回來,她慌忙躲

進櫃子裡,歪打正著聽到有關宋知一的消息。

她啃咬著扭曲變形的指甲,喃喃自語:「你放心,要是有人敢阻撓,我就殺了那些人!在這個世界上,我才是最愛你的人⋯⋯」

她不是不知道,來這裡的人,尋求的是什麼結果。

得知宋知一住在這裡等待安樂死時,她相當氣憤。她長期傾注這麼多時間、精力、金錢,甚至是珍貴的感情,深愛的偶像卻無意間狠狠踐踏。

宋知一太過完美,沒有半點瑕疵,分明是上天對他不公平,才害他受到這些病痛折磨。該死的應該是那些想和她分享宋知一的人!

於是,她決定了,她要陪宋知一走過最後的人生,她會好好照顧他。

倘若他死意堅決,那她就一刀刺進他的心臟,不會給他太多痛苦。然後,她會笑著抱緊對方,一起告別這個世界。

只要想到這些,她就雀躍地手舞足蹈。

「還有時間準備⋯⋯那個醫生會跟去,也可能有其他人。要怎麼處理掉他們呢?」

絕對不能讓他們來妨礙我跟知一哥哥⋯⋯」

她用力咬著手指,認真思考所有可能的阻礙,專心到連指甲已經被咬下一片,汨汨流下鮮紅血液,都不在意。

距離日出之旅還有七天，肖念拿出清單，審視還有沒有尚未完成的事情。肖念拿著原子筆指著第八項，腦中忽然閃過幾個很模糊的片段——

「如果回家了，最想和家人做什麼事情？」

星星哥哥思考了足足一分鐘，搖了搖頭，「我都能自己完成，沒有特別想做的事情。」況且，我也沒有家人。不過這句話，他不想說。

肖念的表情明顯不認同，「自己做多無聊啊？有些事情，就是要和喜歡的人一起做啊！我跟你說，我喜歡和爸爸一起看電影，我看不懂的話，他會解釋給我聽；我也喜歡看媽媽做菜，然後我們三個人一起吃飯。哦，還有跟他們一起去逛街，我表現好的話，他們會給我買玩具……」他一口氣說了好幾項，滔滔不絕地分享。

「是嗎？」星星哥哥不太理解，「這些事情明明自己也能做。」

肖念本來安安穩穩地窩在他懷裡，聽見這句話頓時不高興了，兩隻手貼上對方的臉頰，完全不怕他臉上猙獰的傷疤。

「感覺不一樣啊！星星哥哥，等爸爸媽媽找到我後，我們跟你一起做一次，你就知道了！」

肖念用力點點頭，「當然！現在，我不就是你的家人嗎？」

「我不是你們的家人，也可以和你們一起嗎？」

那時的宋知一，內心想要的關係早已不只是家人，但他藏得很好。而肖念總算想起來了，原來宋知一一直在默默執行答應過他的所有承諾。思及此，他的心情頓時變得複雜。

最後三項堪稱特權的要求，他只填了一個「剪頭髮」，餘下兩樣，他心裡有了答案。

拿起手機，肖念遲疑片刻，還是決定撥給對方。不到三秒，電話立刻接通。他說：「關於心願清單的第九項，我想和你拍一張合照，當作紀念。」

宋知一想也不想，答應得很乾脆：「好，地點你決定。」

「還是別離開永生了，聽說外面還是有很多記者逗留，被拍到就不好了。」在沒有得到確切消息或實質證據前，這些人不會收手。

肖念想了想，還是只能向資源人脈多的大明星求助，「你有認識的攝影師嗎？」

「有，海帆。」過了幾秒，宋知一又補充道：「業餘的，但有自信。給他機會試試看。」

「你這樣說，他很受傷吧？」

「不會，他習慣了。」

肖念無奈一笑，「我先忙，晚點再說。」

宋知一放下手機，此時的他正在落地窗前。甫一抬頭，眼中映入擺放在櫃子裡的照片。

他想，肖念八成看見了，也對他跟何丞予的關係有一定程度的了解。他一嘆，肖念現在的要求，就跟當初的自己一模一樣⋯⋯

頒獎典禮結束後，他馬不停蹄地趕到永生，因為他知道，何丞予剩下的時間不多了。

他好不容易得獎，起碼得親手將獎盃交給對方。

他帶著那座耀眼的黃金獎盃推開門時，何丞予就坐在這個位子上。

「恭喜你，知一。」他的笑容依舊耀眼，眼神中卻帶著哀傷跟惋惜，「我說過，你能成為比我更優秀的演員。停下腳步的話，不怕未來的你會後悔嗎？」

宋知一走上前，把獎盃輕輕放到他手裡，「你的最後一個願望，我會繼續完成。

我不會讓大家忘記你，我會留下你存在過的證明。」

何丞予露出無可奈何的神色。

第八章

宋知一從他的表情看懂了，這個人決定的事情，連他都沒辦法動搖。

接下來將近三個月的時光，他陪著何丞予走完人生最後一段路程。看著曾經自信無比的人嚴重發病，因為疼痛哭泣，時而面露無助，越來越沉默。

何丞予周遭的星光一點一點淡去，失去了原有的璀璨光芒。

那天，還是到來了。

在明亮溫馨的房間裡，何丞予穿上他最喜歡的一套衣服，而何夫人靜靜坐在一旁。以往矜持高貴、鮮少顯露情緒的女人，原來也有如此豐富真實的表情。

宋知一站在何丞予的對面，神色依舊波瀾不驚，但雙手握得死緊，指甲都要狠狠嵌進肉裡。

「媽，再見了。」何丞予端起桌上的杯子，對著宋知一高高舉起，「知一，不要忘記我們的約定。你完成後，記得跟我說一聲。別讓我等太久，我沒什麼耐心。」

說完，他一鼓作氣喝下杯中液體，緩緩閉上那雙好看的眼睛，再也沒有睜開。

葬禮相當簡單。宋知一負責抱著裝有骨灰的精緻瓷罈，一身黑色套裝的何夫人，和他一同搭乘私人船隻出海，把骨灰一點撒入海中。

從那天起，他再也沒有跟何夫人見面。

不知不覺過了一年多，沒想到何夫人還願意見他，並喊出他的名字。

宋知一靠近櫃子，本想伸手打開櫃門，手倏然凝滯在半空中。好半晌後，他緩緩

徐海帆接到拍照要求時，內心其實有點感動，宋知一總算懂得欣賞他的個人才藝了。

但接下來，聽到要一併找嘴巴夠緊的化妝師和服裝造型師時，他差點飆出髒話。

這位宋‧戀愛腦‧知一，是不知道化妝間裡，最藏不住各種八卦和祕密嗎？如果是宋知一自己拍照過過癮就算了，偏偏拉上肖念一起，這不明擺著出櫃嗎？

倘若不小心發生過意外，照片被有心人士外流，絕對是毀滅國家等級的重大公關災難。

腦中靈光一閃，徐海帆想到一個絕佳人選——他與世無爭的佛系媽媽。她年輕時是化妝師，雖然她擅長的風格，跟現在的審美觀有些落差，但兩位男士底子好，就算畫成鬼，也撐得起場面！重點是，他媽最討厭跟鄰居嚼舌根，平常沒事就聽聽佛經、冥想打坐，簡直是理想人選。

思及此，他馬上回覆宋知一：「我找到人選了，張美玲女士，就是我媽。十年前退休，完全不用喬工作檔期。她為人冷靜謹慎，保密到家。至於風格，你先給我幾個

放下，沉聲道：「丞予哥，你放心，我答應過你的事，一定說到做到。」

第八章

範例，我立刻叫她練習！」

「直接請阿姨來吧，她比你可靠。」

徐海帆憤怒地連續點擊各種表情符號，以此表示他的痛心疾首，定好時間後，很快有專人過來量尺寸，做了超過半世紀的專業西裝師傅，熟練地畫上記號。

由於動用金錢力量，旁人要等半個月以上才能拿到的成品，他們爭取到在三天內取件。

他們在日出行程前，先進行了拍照這個心願清單項目。

拍照當天，徐海帆的母親提前一天從Ａ國搭飛機過來，好好休息一天才上工。張美玲慈眉善目，給人的感覺很親切，但她太久沒有幫人化妝，技藝不免生疏，也難免緊張。

徐海帆為了讓她放輕鬆，準備一百首不同系列的佛經，幫助她找回平靜與手感。

一邊聽佛祖的開示，一邊化妝，效果肯定一級棒。

宋知一沒阻止他，隨便他想怎麼搞，反正日後也沒機會了。

張美玲先幫肖念化妝，她輕輕撲上粉底，溫聲道：「做這份工作，一定很辛苦吧？」

肖念的細長眼睫微微垂下，在下眼瞼鋪成一片陰影，「嗯，雖然辛苦，但我體會

了很多不同的感情。有人在失去之後，才發現自己其實深深愛著對方。」

就像楊女士的兒子，他在失去母親後，才體認到孤獨和懊悔，但過去的事再也無法重來。而楊女士嘴上說不在意，仍把最後送走她的機會留給兒子。

肖念繼續說：「有人是在愛的包圍下長大，即使難受流淚，也要笑著面對離別，珍惜留下來的人。」

現在杜斌彥跟杜叔叔更加珍惜彼此，並永遠記住杜阿姨婚禮中最美的時刻。

「還有人⋯⋯雖然生命短暫，卻留下了非常耀眼的身影。」

他不會忘記穿上漂亮婚紗，在他們面前轉圈展示的莉莉，美麗動人。

「最讓我感到不捨的，是有人鍥而不捨地追尋已經離開的人。真的好傻，卻無法阻止。」

張美玲認真聆聽，手裡也沒閒著。她把肖念額前的髮絲往後梳，再噴上定型液，露出一張乾淨俊雅的面容。她滿意地點點頭，「好了，很帥喔。」

肖念發自內心露出一個真誠溫暖的笑容，「謝謝您。」說完，他起身走出房間，在外頭等候的宋知一，看見穿上白色西裝的肖念，一瞬間陷入呆滯，完全無法開目光。

徐海帆也愣了一下，已經搞不清楚是老媽手藝強，還是肖念的個人光環太亮。

他回過頭，這時的宋知一居然還沒回魂，真是見鬼了。

第八章

「換你了。」肖念在宋知一眼前招了招手，他才驀然收回目光，默默進入客房。

肖念跟徐海帆一同靠在窗台前等待，閒著也閒著，於是聊起天。

「徐先生……」

他還沒說完，徐海帆率先打斷，「別『先生』長、『先生』短了。你都直接喊知一的名字了，我年紀比你大，也該叫我一聲『哥』，別這麼見外！」

「呃，好吧，海帆哥。」他調適心情，開口問：「你應該帶過不少藝人吧。」

「那……丞予先生也是嗎？」

徐海帆心想，來了，開門見山的靈魂拷問。他漫不經心地說：「嗯，我剛入行的時候，有幸跟在丞予哥旁邊當助理。後來知一進入演藝圈，丞予哥特別照顧他，讓我轉去當他的經紀人。」

徐海帆悄悄觀察肖念的神情，有些忐忑，「那個，我猜……你知道他們的關係了吧？」

肖念也不隱瞞，「嗯，我知道知一是何家的養子。但我不明白……為什麼他說沒有家人？」

徐海帆懊惱地抓了抓頭髮，「唉，這個問題非常複雜。丞予哥他們家的人，價值觀跟我們這種普通人，還是有差距的。但不管是丞予哥，還是何夫人，他們都在用自己的方式照顧知一。」

肖念點點頭，接著問：「他們……以前是戀人嗎？」

徐海帆嘆出一口氣，「就我所知不是。他們的確感情很好，有時候不太像兄弟。肖念，我跟你說，不是相愛就非得在一起。人和人之間不是是非題，而是選擇題。」

不論選擇走向哪條路，前提都是為了讓自己好受點。

房門再度開啟，宋知一出現，純黑西裝在他身上格外筆挺，俊美臉孔散發出獨特的魅力，使人不由自主心生悸動。

陽光穿透進入象牙白的長廊，他們四目相接，緩緩靠近彼此，直到僅僅一步之遙。

時間恍若在瞬間凝滯，忘了流動。

徐海帆率先提起攝影包，走去二樓的主臥準備。

張美玲走出客房，對他們親切笑道：「拍好之後，能讓海帆把照片給我看看嗎？」

肖念沒有意見，他轉頭瞥向宋知一。見對方點頭示意，他才笑著回答：「當然沒問題，辛苦您了。」

畢竟不是專業攝影棚，光線只能用自然光補足，徐海帆將窗簾拉開，大量陽光穿透進屋裡，室內染上溫暖色調。

他站在窗邊，心中忽然湧起一股莫名的感觸——一年多前，宋知一跟何丞予就是在這裡拍照，而他是攝影師。

第八章

時至今日,他沒想到他會再幫宋知一拍照。但是,他身旁的人已經不同了。

他收起感傷,換上一貫笑臉,「站這裡吧,房間內採光最好的地方。」

宋知一和肖念按照徐海帆的指示,調整位置和角度。大致沒問題後,他說:「你們即興發揮,我會自己捕捉畫面。」

宋知一微微側目,餘光看見展示櫃裡被反轉的相框,頓了頓,「肖念,你坐下來吧。」

肖念從來沒拍過生活寫真,他的執業工作證照,是用快洗機器速成,機台上面還有姿勢表情範例可以參考。現在,他腦袋一片空白。

肖念幾乎貼靠在一起。

角落正巧有一張玫瑰金色的圓背高腳椅,徐海帆動作迅速地搬過椅子,讓椅子和輪椅幾乎貼靠在一起。

肖念坐下來後,兩人高度幾乎持平。他不禁想,在那張合照裡,宋知一站在何丞予旁邊。當時的他也有被要求坐下來嗎?

「在想什麼?」宋知一輕聲問。

肖念搖頭,「沒有。」他仍有些不知所措,「抱歉,我沒有經驗,怕拍出來的照片會很僵硬。」

「沒關係,跟著心裡的感覺就好。」宋知一輕輕拉起肖念的手,「肖念,你看著我的眼睛。」

有人主動指導，肖念自然照做。宋知一的俊美五官映入眼眸，他的深邃眼底似有繁星，令肖念深深沉迷。

徐海帆將鏡頭對準，調整焦距，擷取了幾個畫面。

宋知一眸色溫柔，「知道我為什麼讓你坐下嗎？」

肖念怔住，像個被老師考倒的小學生。他語氣無辜，「不知道。」

「這樣，我們就會在同一個高度上。如果可以，我真的很想站起來，但現在沒辦法。」他的語氣中帶有幾分惋惜。

肖念努力揚起笑容，「坐著也沒什麼不好，挺舒服的。」心疼感蓋過了尷尬扭捏，他主動牽起宋知一的手，放到自己腿上，「這樣可以嗎？」

宋知一露出淡淡笑靨，把視線轉往前方，肖念跟著他的動作看向鏡頭，眉眼微微彎起。

這一刻，兩人像是世界上最幸福的一對戀人。

下一秒，宋知一喊了一聲：「肖念。」

肖念循著聲音和他四目相對。

在鏡頭的小小方形框架裡，他們眼中只有彼此。無須言語，僅憑眼神或動作。

肖念從未奢望從宋知一身上獲得回報。他坐在這裡，陪伴對方走到最後一刻，是因為他希望宋知一由衷感到幸福，即使他不是宋知一心裡的那個人，也沒關係。

此時此刻，他有幸透過自己的眼睛，把這個畫面刻在心底，那就是宋知一留給他的「永遠」。他會帶著這份紀念，一個人繼續走下去。

一顆水珠倏然從臉頰滑過，肖念正想抬手抹掉，宋知一的手比他更快。指尖輕柔拭去水痕，寬大掌心覆蓋住肖念的雙眼，觸感十分溫熱。下一秒，一個柔軟觸感輕輕碰上雙唇，比蜻蜓點水引起的波瀾還小，甚至讓人誤以為是錯覺。

肖念對這個觸感並不陌生，眼淚自動縮回，雙頰溫度急速飆升。他不敢看徐海帆的表情，乾脆什麼也不做，待在座位上裝死。

雖然徐海帆心中有很多吐槽，但仍敬業地留存這個瞬間。

「咳咳，差不多了。我去整理照片，你們隨意……」

門「碰」的一聲關上，肖念果斷拉開那隻手，一副想發作又無可奈何的困窘模樣。他硬是轉移話題，「我、我要去換衣服了。」語畢，他飛快地起身走到門邊。

宋知一看著高姚背影，開口說：「肖念，我很開心。還有，你就是你，不是誰的替代品。」

肖念的雙眼微微瞠大，但他沒有勇氣去深入談論這個話題，含糊地「嗯」了一聲，轉動門把，快步離開。

宋知一休息片刻後，轉身靠近玻璃櫃，伸手拿起相框，取出那張照片。修長手指細細撫摸，眼眸中的感情，有別於看著肖念的神情，或許他也無法很清

楚地闡述。

「哥,我愛你。」

這世界上的愛有太多種,不是非得在一起,或是用法律約束,才叫「愛」。

「謝謝你,曾經那樣愛過我。」

接著,他把照片收進口袋裡,把相框擺回原來的位子。相框成了單純的擺設品,沒有留下任何痕跡。

肖念換好衣服後,打算去一趟辦公室,徐海帆也要回飯店處理照片,於是兩人一起離開洋房。

分別前,徐海帆開口叫住他:「肖念,看完日出後,知一和丞予哥的一切,就算結束了。」

「嗯,我明白。」

他說這番話是出自好意,肖念很清楚。的確,他總該做好心理準備。

徐海帆露出感慨神色,「我,唉……總之,你別太難過。」說完,他都想賞自己一巴掌了。這算哪門子安慰?倒不如不說。

「你放心,不管是生離,還是死別,我都很有經驗。」

這話聽起來不會讓人特別放心。打開車門,徐海帆又忍不住多說幾句:「肖念,我在這個圈子打滾不少年了,知一是我看過最有天分的演員,連丞予哥都自嘆不如。

他真的要演，就會一路演到底，從不出戲。他對目標的堅持，超乎一般人的想像。」

肖念眨眨眼睛，有些不明所以。

想來，徐海帆從來沒有當面對宋知一說過這些話。他們之間不只是同事，也是關係深厚的朋友。他更是宋知一路走來的見證者。

「海帆哥，辛苦你了。」頓了頓，肖念補充，「如果你需要心理諮商，我可以幫你介紹。」

徐海帆說：「謝謝你的好意，我很堅強。」

肖念走後，徐海帆又忍不住嘆了一口氣。

他衷心希望，這兩個人的交集，不會停留在那些好看的照片裡，而是持續存在於彼此的生命中。

終章

週五凌晨,天色依舊沉黑,幸運的是萬里無雲,無數繁星熠熠生輝,認真觀察的話,還能看見一條璀璨銀河。

徐海帆查詢過,今天的日出大約會在凌晨五點三十到四十分之間。過去一趟的車程將近兩個小時,加上從入口抵達瞭望台的步行時間,他們三點左右就該出發了。

前一晚,肖念幾乎整夜沒有入睡,他很久沒失眠成這樣。

為了不吵醒宋知一,他躺下後,動都不敢動。好不容易撐到凌晨兩點半,他小心翼翼地爬起身,這時,一隻手從後圈住他的腰,沉穩嗓音傳入耳中:「你去哪裡?」

原來睡不著的,不只他一個。

「我去洗把臉。」

聞言,宋知一鬆開手。

肖念盥洗後,換上一身簡約的休閒服裝。一走出浴室,就看到宋知一端坐在輪椅上。同時,徐海帆的車也開進庭院裡。

為了掩人耳目，徐海帆前一天特地請人幫忙租另一台車，提早開進永生停在庭院。若這樣還能查得出車上坐的是宋知一，他就把頭剁下來給狗仔當足球踢。

準備好後，宋知一控制輪椅從斜坡倒退下來。調轉方向後，他揚眸看向肖念。

他好看的眼睛裡包含許多情緒，肖念怕自己無法保持冷靜，率先別開目光，輕聲說：「我們出發吧。」

徐海帆打開後車廂讓宋知一上車，肖念則坐在副駕駛座。

路上，徐海帆發揮他的聊天專長，盡可能活絡車內氣氛，肖念也相當配合，無奈後座的人一如往常的話少，大多時間都在凝望窗外的濱海景色。

海平線的顏色從深黑轉為霧灰，再過不久，就要迎來新的早晨。

抵達停車場後，宋知一戴上口罩和鴨舌帽遮掩。要不是天色未明，怕宋知一看不清楚，導致摔車慘案，徐海帆連墨鏡都想叫他戴上。

三人一起走向出入口管制處，亮白燈光從守衛室透出，提早上班的工作人員已在裡面等候。

肖念輕輕敲了敲玻璃窗，一個戴著白色鴨舌帽和口罩的人，伸手拉開小窗口，低聲問：「請問是宋先生嗎？」

聞言，肖念一怔，「呃，抱歉，我姓肖。」

對方頓了頓，「不好意思，我聽上頭說，申請的是宋先生。請問三位都會進去

負責申請入園的不是肖念,他想可能是訊息傳遞中,不小心提到宋知一的姓氏。

但沒關係,對方八成不知道是誰,含糊不提就好。

「我們會進去,另一位徐先生會留在入口處等候。」

「沒問題。」工作人員拿出門票,解釋道:「請從旁邊的通道進出,刷門票上的條碼就可以了。」順著坡道一直往上走,大約五分鐘就會看見瞭望台。」

肖念接過門票,「好的,謝謝。」

忽然,有雙手從小窗口遞出兩杯冒著熱氣的茶水,「凌晨風大,體感溫度偏低,喝杯熱茶再進去吧。另一位先生可以進來休息室。」

沒想到這裡的工作人員這麼體貼,肖念正想遞給宋知一,他卻沒有注意到肖念的動作,視線始終牢牢盯向瞭望台,一刻也不願移開。

肖念不好意思拒絕人家的好意,迅速將其中一杯喝完,並把另一杯原封不動地遞回去,「謝謝你的好意,我朋友趕著進去。」

工作人員未再多說,收下杯子後就拉上窗戶,「你們去吧,有事再叫我。」

徐海帆揮了揮手。

入園後,肖念配合宋知一的速度走上斜坡。

走到一半,宋知一默默摘下帽子和口罩,露出真實的樣子,並朝一旁的肖念伸出

手。肖念心領神會，和他的手緊緊牽在一起。

海風迎面吹來，著實讓人有些發寒，但宋知一的手很溫暖，使人忘卻所有不安。肖念將手握得更緊了，不是出自冷意，而是他意識到，和宋知一牽手的時間越來越少了。

這瞬間，他忽然很想回頭。倘若自私一回，是不是有機會留下這個人？

但肖念硬是忍住了，他清楚這個人有多固執，也知道宋知一忍受了很多痛苦，不容易才堅持走到這一步。

總算抵達瞭望台，肖念雙腳有點發軟，明明平常有在運動，體力不算太差，好是怎麼回事，今天身體特別疲累。

他低頭看了一眼手錶，還有不到十分鐘就要日出了。

「知一，我還有最後一件事情⋯⋯」肖念深吸一口氣，佯裝最輕鬆自在的樣子，不想被對方發現內心深處的自私想法，「你走後，會像何丞予一樣回到大海吧？這件事，可以交給我嗎？」

聞言，宋知一搖搖頭。

「你不用擔心，我可以做到⋯⋯」

「不，你不用做這件事。肖念，我⋯⋯」

他還沒說完，陰暗處突然出現一道人影。那人聲嘶力竭喊著⋯「知一哥哥──

「我、我終於見到你了！」

肖念雯時愣住，這個人是剛剛在入口處的工作人員，他想幹什麼？仔細看，他才發現，不對，是「她」。

她扯掉鴨舌帽和口罩扔在一旁，臉色極度慘白。不自然的笑，令人感到惴惴不安。她從隨身包包裡拿出一把鋒利的刀，雙手劇烈顫抖，不確定是過度興奮，抑或是首次拿刀的恐懼感作祟。

「你不記得我了嗎？我是陳萱，你的粉絲！有一次我差點跌倒，你還溫柔地把我扶起來──」她的呼吸急促，神情有些扭曲，「我為了你被關了兩年，好不容易出來，就立刻來找你！」

宋知一緊緊盯著那把隨時可能傷人的武器，試圖安撫，「妳先把刀放下，這樣很危險。」

「我這麼喜歡你，你為什麼要偷偷跑到這裡尋死？是不是他要你這樣做──」她把刀尖指向肖念，「你不要被他騙了！他是專門殺人的醫生！」

肖念眉頭深鎖，她的精神狀態明顯處在崩潰邊緣，再這樣下去，她多半會做出可怕的傷人或自傷行為。

「知一哥哥，你跟我走，我發誓，不管你生什麼病，我都會一輩子照顧你。」

她像是在哄負氣出走的情人，希望能夠挽回瀕臨破碎的愛戀。事實是，從來就沒

有人跟她戀愛，一切只是她偏執的幻想。

宋知一語氣堅定，「抱歉，我無法滿足妳的要求。請妳放下刀子。」

他的拒絕讓陳萱相當不滿，表情瞬間變得猙獰，嘴裡發出毛骨悚然的笑聲，「哈哈，你不跟我走、不跟我走……」她的眼中倏然透出一絲狠戾，「那我跟你走，我們一起死！」

說完，她舉起刀子直衝上來——

肖念毫不猶豫擋在宋知一面前，他側身閃過女人，利用體型優勢撞擊了她，趁她不穩之際，制伏她的雙手，「陳小姐，妳冷靜點！妳的人生裡，不會只有一個宋知一，更不該傷害自己！」

他奮力抱住女人往後拉開距離，深怕一不小心，那把無情利刃會傷到宋知一。

女人發起瘋來不容小覷，力氣不輸給成年男性。加上她情緒激動，肖念居然有種快抓不住人的錯覺。

不，不對，是他渾身的力氣在流失。

注意到肖念的失常，她放聲大笑，「我就知道你會妨礙我，所以早做好了準備。」

肖念腦中閃過那杯熱茶，裡頭八成被加了分量不少的安眠藥。

他用力眨眼，試圖保持清醒，但成效不佳。他對自己喊話，不能放手，否則她會

傷害宋知一……

「知一，快跑……」

憑宋知一現在的狀態，很難阻止發瘋的女人，只有先去找徐海帆尋求支援，才是最好的做法。

肖念的力氣又流失了一些，陳萱趁機掙脫開。

刀光一閃，皮肉被割開的劇烈疼痛，猛然從左手臂席捲而上，肖念頓時清醒了一點。

下一秒，陳萱用力地推了他一把，肖念失去重心倒臥在地，四肢越發麻軟，連爬起來的力氣都沒有。

他眼睜睜看著女人雙手高舉利刀，五官扭曲，冷笑道：「妨礙我和知一哥哥的人，都得死！」

說完，她對準心臟的位置，猛力刺下，毫不猶豫。

刀尖距離心臟不到五公分，再往下一點，就能刺入溫熱的身體，但它穩穩定格在半空中。

有人牢牢扣住了陳萱的手，阻止了她的行凶。

肖念瞪大眼睛仰視面前的人，神色震驚又錯愕。

不遠處，徐海帆跟另外一個身穿工作背心的男人，用最快的速度跑來，深怕慢個

一秒鐘就會出大事！

「知、知一哥哥……」

宋知一的雙手十分有力，緊扣在陳萱的腕骨，發出咯咯作響的聲音，彷彿要捏斷骨頭。

她吃痛鬆手的瞬間，宋知一奪過刀子往懸崖下一扔，然後毫不留情地推開她。陳萱狼狽跌坐在地，滿臉不甘心，掙扎著想爬向宋知一。及時趕到的徐海帆立刻上前壓住人，後來居上的工作人員也幫忙壓制。

「你們沒事吧？」

此時的肖念鮮血直流，傷口幾乎把半邊衣服都染紅，狀態不算太好。幸好，他們早已叫了救護車。

「你們這些王八蛋！放開我、放開我！」

陳萱還在叫罵，心情煩躁的徐海帆深吸一口氣，果斷把隨身攜帶的手帕塞進她嘴裡，還用手牢牢摀住。

回想起事發過程，他還心有餘悸──

宋知一他們入園後，他走入休息室等候，忽然聽見置物櫃裡傳來奇怪聲響。他硬著頭皮打開櫃門，驚見被五花大綁塞在裡面的工作人員。

阿彌陀佛，佛祖保佑，人還活著。徐海帆趕緊替人鬆綁，想搞清楚到底是怎麼一

回事。

這名倒楣的工作人員說，他剛進入守衛室，就碰到一個自稱是永生職員的女人。工作人員不疑有他，便請她進入休息室等候，同時將門票交給她。誰知道，他才一轉身就被一棍子敲暈，倒地不起。醒來後，他發現自己嘴上黏著膠帶，渾身動彈不得，只能不斷發出聲響，希望能引起其他人注意。

兩人察覺事情不對勁，立刻衝進園區，果真目睹女人行凶。

這時，宋知一小心翼翼地把肖念從地上扶起，擁入懷裡。

因為失血還有藥力影響，肖念的視線漸漸失去焦距。他靠著殘存的薄弱意識，顫顫巍巍地抬起右手，抓住宋知一的衣領。

他有太多的話想說，但更多的是，難以言喻的悲傷和強烈的背叛感。

這個人，死心踏地地走過何丞予所有的人生道路，完美演出何丞予經歷過的一切，活著的人會為他的決定感到不捨和難受。

一步一步走向懸崖，卻不願意去想，手一鬆，在藥力大肆作用下，陷入深沉的昏睡。

最終，肖念什麼都沒有說出口，把人抱起來安置在輪椅上。

宋知一接住那隻墜落的手，死死壓住流出汨汨鮮血的部位，接著把頭緩緩靠在肖念的膝上，就像是在催眠自己。

他跪倒在地，口中喃喃「你會沒事的」，像是在催眠自己。

一旁的工作人員不禁看傻了眼，這是怎麼回事？這裡每個人都能走路啊，那台輪

終章

肖念做了一個噩夢。

他夢見爸爸跟媽媽上一秒還手牽著手笑著跟他說話，下一刻卻變成冰冷的屍體；他夢見了何丞予跟宋知一，他們穿著禮服深情對望，舉起杯子，一飲而盡。那個杯子，跟盛裝藥劑的容器一模一樣。

他從深重的疲倦感中緩緩甦醒，白色天花板映入眼簾，熟悉的消毒藥水味，以及手臂傳來的刺痛感，讓他瞬間回到殘酷的現實。

肖念環顧四周，沒有半個人。他吃力地坐起身，拿起放在床頭櫃上的手機，確認日期和時間——傍晚五點，他睡了將近十二個小時。

發生了這種意外，宋知一的最終執行八成推遲了。正好，他有了不得不阻止對方的理由——一個根本沒有生病的人，不該用這種方式離開世界，哪怕再絕望。

肖念拔掉點滴，深吸了幾口氣，慢慢站起身。護理人員正好進來查房，見他自己起身，嚇得趕緊勸阻，「肖先生，你服用的安眠藥物劑量過重，自己回去有點危險，

見鬼了。

椅是誰的？

「我叫你朋友過來接你吧？」

聞言，肖念搖搖頭，他現在不想看見宋知一，也不確定是否還有勇氣面對那個人。他需要時間冷靜。

「我自己叫車回去就好，謝謝你。」

他堅決婉拒，護理人員也拿他沒轍，只好讓他辦理離院。

肖念走後不到半小時，做完筆錄的徐海帆跟宋知一抵達醫院，才得知肖念已經出院了。

「知一，我看不好辦了。」徐海帆眉頭深鎖，「我早勸你直接告訴他，你偏偏不肯，他現在一定把你當成王八蛋。」

宋知一眼眸低垂，想著先讓肖念冷靜一會也好。

他本來想在瞭望台向對方坦承一切，讓所有事情畫下句點。從今以後，他可以全心全意地看著肖念。無奈理想跟意外相互衝突。他也不希望用這種方式讓肖念得知真相。

徐海帆感嘆，「老實說，私生跟黑粉比起來，我覺得還是私生可怕。」

黑粉的鍵盤攻擊，不想看就兩眼一閉，可是私生會想盡辦法闖入一個人的生命，逼迫性地產生交集，最極端的結局，就是跟偶像一起死。

宋知一不想討論這些無意義的事情，既然人走了，他便扭頭離開醫院。

見狀，徐海帆神色無奈，摸摸鼻子，乖乖跟了上去。

※

肖念回到住所，默默環顧四周。

似乎想到了什麼，他一笑，可眼神中包含太多複雜情緒，看起來倒像在哭。

「就算你會討厭我、恨我，可我還是……」他喃喃自語，找出上次處理楊女士事件的律師名片，按下一連串數字後撥過去。

「你好，我是高健偉律師。」

「您好，打擾了，我是肖念，永生的醫師。」頓了頓，他淡淡說：「我有件非常重要的事情，要親口告訴何董事長，能麻煩您轉告嗎？可以的話，我希望在今天內獲得回覆，這件事情十分緊急。」

律師語氣溫和地回應：「好，我會幫肖醫師轉達，但我無法給你保證，能否在今天之內得到回應。」

「謝謝您的幫忙。我會耐心等候。」

掛斷電話後，肖念沒有閒著。他打開電腦登入工作信箱撰寫郵件，完成後發給管理階級與人事部。

當他做出決定後，往往不會拖泥帶水，甚至相當決絕，一點後路都不留給自己，就像他年少時毅然決然離開A國，獨自前往異鄉生活。那都是對自己的無形逼迫。

忽然，手機鈴聲響起，是一組陌生的電話號碼。

電話那端的女性嗓音富有威嚴，「聽高律師說，你有話要告訴我。」

肖念一愣，他本以為何董事長會透過律師傳話，沒想到直接打來。

「是，我希望您可以動用特權，撤銷宋知一先生的申請。」

何夫人的語調微揚，「理由？」

肖念緩緩吐出一口氣，「他不符合條件。因為，他沒生病。」雖然無法百分之百肯定，但這樣一說，機構勢必會再額外安排檢查，到時就可以論證。

他補充，「這麼說也不對。或許他生病了，是心理上的疾病。所以，我得阻止他。」

「我明白了。」何夫人又問：「肖醫師，你為什麼不直接向機構舉報，而是選擇跟我說呢？」

肖念的眼眶泛紅，但他沒有哭出來，沒有人看得見他的脆弱和悲傷。他說：「董事長，我希望他可以知難而退。造假資料的消息一旦傳出，不只他會被輿論攻擊，永生的聲譽也會連帶受到影響。他是公眾人物，即使他沒有那個意思，他的行為仍會造成一股追隨熱潮……我不希望有人誤會安樂善終的定義。」

看過這麼多生離死別，他始終沒有忘記擔任醫師的初衷。

何夫人沉默了好一陣子。

「這就是我的想法。他千辛萬苦做到這個地步，卻被我一手打斷，或許會恨我多管閒事。您放心，我做好準備了。」

宋知一曾對他說，有機會的話，就離開這裡。他想，現在是時候了。

多虧宋知一，他心裡的結依舊存在，卻不是不能面對了。

永生是他給自己設下的牢籠。這次，他決定主動打開牢門，離開這裡。

「我會辭職，並用最短的時間，處理好交接手續。」

「好，我批准了。」何夫人的親口回覆，等於下達最高權限，「肖醫師，你是個很懂得為別人著想的人，謝謝你照顧知一。」

切斷通話後，她端起桌上的高腳杯，目光定格在眼前的全家福，黯然失神。

★

肖念只花一個晚上，就把手上所有個案資料整理完畢，寄給凱文。不只如此，他連私人物品都整理好了。

他向來不喜歡堆積個人物品，或許他也有預感，總有一天會離開。東西越多，念

想越多，倒不如一開始就克制欲望，才不會留戀不捨。

封箱完畢後，他趴在桌上，看著那顆雪花飄揚的水晶球音樂盒。這是他媽媽送給他的十八歲生日禮物。他們圍在他爸爸的病床前，唱著生日快樂歌，假裝一家人仍在一起開心過生日。而那一年，也是她離開的那年。

小時候，他和媽媽時常相互依偎，等待爸爸下班回家，三個人開開心心地吃著豐盛的晚餐。後來他才知道，能吃上一頓飯，是一件極度平凡，卻再也做不到的事情。

他把水晶球音樂盒留在玻璃櫥櫃裡，決定不帶走它。因為，他想學習放過自己。

凌晨的班機沒有地方可以盥洗，肖念在出發前沖了一次澡，把自己打理得乾乾淨整齊。他叫了一輛二十四小時服務的計程車，七人座車的後車廂夠大，塞進所有行李都還綽綽有餘。

離開永生前，他讓司機繞到宋知一的住處外。裡面的燈是暗的，人可能沒回來，或是已經睡了。

他默默站在門口，大約過了一分鐘，司機問：「先生，還有其他人要上車嗎？」

這聲催促，讓肖念清醒了。

他伸手解開戴了整整十三年的皮革手環，放進白色紙袋裡，掛在宋知一住所的門把上。

其實，露出疤痕也沒這麼可怕。

他喃喃自語：「從此以後，兩不相欠。再見了，知一。希望你能帶著對何承予的愛，好好活下去。」

語畢，他轉過身，頭也不回地上了車。

肖念把手機關機，隔絕跟任何人接觸的可能。他緩緩閉上眼，神色疲倦地靠在椅背上。

就這樣吧，他想。

翌日，所有工作群組都炸翻了。肖念辭職的消息太過突然，完全沒有任何預兆。他甚至還在一個晚上，整理好所有交接資料。這個離職速度像鬼一樣驚人。

他離職的原因眾說紛紜，很多人猜跟個案攻擊事件有關。不過，再多想也沒用，肖念消失得無影無蹤，同事們無從向本人打聽。

「肖念醫師有其他的生涯規畫，請大家衷心祝福他。」

上級還特地廣發公告，直接把大家的嘴都堵上了。

對此，凱文倒是不意外，他也沒有多此一舉地挽留肖念或打聽原因。他老早就說過，肖念不適合待在這裡，離開了，未嘗不是一種解脫。

想了想，凱文發出一段祝福訊息——希望將來有機會在這個世界的某個角落和肖念相遇，再用朋友的身分，邀請他喝杯咖啡。

肖念走後，宋知一的案子又轉回給凱文。負責醫師換人，他得親自知會一聲，因此，凱文硬著頭皮來到宋知一的住處。

進屋後，他看見宋知一從中島走過，看起來很自然。

好像哪裡怪怪的？反應過來後，凱文嚇得倒退三步，差點摔倒在地。

「凱文醫師，喝杯咖啡嗎？」

看對方若無其事的模樣，凱文很想破口大罵。

「關於我的事，我會再跟你解釋。但我想先問，肖醫師去哪裡了？」

見大風大浪的凱文，極快恢復鎮定，「他離職了。」

俊美男人神色一頓，看不出心裡的想法。

凱文接著說：「我也是早上突然接到通知。我去他的住處看過，整理得很乾淨。」

宋知一陷入沉默。

凱文餘光瞥見桌上的白色紙袋，袋上的可愛馬卡龍圖案特別熟悉，正是甜點日用來分裝點心的袋子。

他頓時理解，肖念還是有留下東西給宋知一。

「關於宋先生的申請⋯⋯」那雙筆直的大長腿,哪有半點肌肉萎縮的樣子?凱文盯著盯著,霎時間覺得非常尷尬,甚至不知該如何接下去。

「申請明面上撤銷了。不過,最後執行需要凱文醫師私下幫我完成。」他頓了頓,語調平穩有禮,卻帶著一分疏離感,「我有最後一段場景需要拍攝,董事長跟管理層都知道這件事。我不會給凱文醫師劇本,你像平常對待病人一樣待我就好。」

凱文沒想到,他居然有需要上陣演戲的一天。

宋知一補充,「會有報酬,希望凱文醫師可以拿出最專業的表現。」

由於這件事情越少人知道越好,宋知一只找了凱文協助,並請他簽下保密協議。凱文也相當配合,詢問相關細節後,就立刻回去準備。

宋知一雙眸一沉,他從袋子裡拿出手環,皮革因無可避免的氧化,產生細小裂紋,但看得出使用者有細心保養,外觀看來仍有七、八成新。

他愣愣看著,一雙眼睛都有點紅了。

「我沒說不要你。」

「我決定說給你,就是你的。」

「很多人都說喜歡我,但我一直在等的是你的喜歡。」

他叨叨絮絮說了很多話,完全不像平日淡漠的他。

忽然,手機鈴聲響起,他撇頭一看,不是那個人。

「知一，影片我後製得差不多了。」亞歷斯克打了一個好大的哈欠。

「亞歷斯克，幫我找人。」

亞歷斯克聽他的嚴肅語氣，認真問：「你先說，死的還是活的？」

「肖念。」

亞歷斯克有些詫異，他偷偷看過幾次監視器，想說兩人一直好好的，還像新婚夫妻般，過著幸福的同居生活，怎麼會一夕之間變了？

「他怎麼了？」

「嗯，應該出國了。找到的話，薪水加倍。」

亞歷斯克瞬間眼睛發亮，「你放心，我連他祖宗老墳，都給你挖出來！」

★

半年後。

在一條寧靜的小巷弄裡，不起眼的金銅色招牌上，有用草書勾勒的「流星」字樣。

咖啡店的整體色調溫馨，布置簡約，是個放鬆身心的好去處。

雖然是間規模很小的店，但人氣在這一帶居高不下，甚至有不少客人遠道而來。

其中，女性顧客的比例高達八成，原因是，店長很帥。

店裡位子不多，時常高朋滿座，必須排隊入店，因此限定每組客人的用餐時間為兩小時。而店裡唯一的要求，是不使用電子產品，因為店長希望每個進來的客人，可以擺脫外界紛擾，悠閒地在躺椅上睡一覺，或安安靜靜看一本書、喝一杯咖啡。

這天，到了傍晚五點的閉店時間，肖念送走最後一波客人，回到吧檯整理餐具。

聽見門鈴聲響起，他脫口而出：「不好意思，已經打烊了──」

甫一抬頭，他驀然愣住。

徐海帆揮揮手，「嗨，肖念。」他露出輕鬆笑容，「好久不見。」

肖念回以一笑，泡了杯咖啡給不請自來的客人。

兩人面對面坐著，徐海帆率先開口：「你放心，知一沒有來。雖然我看得出來，他很想見你一面。」

聞言，肖念空懸已久的心，總算悄然放下──宋知一沒有死，那就夠了。

回到A國後，他鼓起勇氣踏進多年不曾回去的家，仔細整理過後，委託房仲把房子賣掉了。

回顧十多年的光陰，肖念重新思考自己究竟喜歡什麼？繞了一大圈，他還是想成為跟父親一樣的醫師。於是，他打算重考外科醫師的資格。

這段時間，他不想成天閉關念書，正好，杜斌彥有認識的人要轉手咖啡店，設備齊全、租金合理，只可惜地點不太好，但肖念沒有猶豫，立即接下了這家店。

他也沒料到生意會變得這麼好,當初開店的初衷,不是用來累死自己的。其實,他也是想避免聽見有關宋知一的任何消息。

這段日子,肖念停用了所有社群軟體,手機成了一個空殼。他完全不知道這半年間發生的大小新聞,只想審視過去的自己,學習接納那些傷疤,認真活在當下,直到他覺得能夠重新面對為止。

「肖念,我也不想幫知一辯解什麼,他就是太死腦筋了點。今天過來,是因為有個東西,我得親手交給你。」徐海帆從口袋裡拿出信封,「我真心希望你可以來看。」

喝完最後一口咖啡後,他就起身離開了。

肖念盯著信封,緩緩拆開抽出裡面的紙張——電影首映會門票,日期就在三天後,片名是《丞予》。

肖念死死抿起唇,看了足足一分鐘後,起身把門票放進收銀機下方的抽屜裡。面對疤痕,他能做到,但重新面對宋知一,他沒有信心。

首映會的消息一經媒體公布,立刻引起高度討論。

消失兩年半的宋知一,無預警出現在螢光幕前,還親自執導一部紀錄片,主角由他自己擔綱。

終章

所有場景與現實無異，內容詳細記述某個人從最輝煌燦爛到殞落的那刻。

第一則消息，記者們就忙翻天了。沒想到，震撼的消息接二連三，搞得大家熬夜爆肝——消失螢光幕多年的何丞予，居然早已因病逝世，而他就是這部紀錄片的主要人物。

再一個重磅消息，何丞予跟宋知一是養兄弟關係。

衝擊的消息像煙火似地連番炸開，在網路上鬧得沸沸揚揚，給足眾多媒體至少一個禮拜的頭條新聞版面，完全不用去挖其他人的醜聞。

在眾目睽睽下，首映會即將開始。

到場的人，大多是資深媒體人，或當紅影視明星，周遭鎂光燈與快門聲不斷，混亂到肖念有些後悔過來。

他站在最後面，避開聚集的人潮，此時，一名身穿黑西裝的保鑣忽然靠近他，「是肖先生吧？徐先生請我帶您從特殊通道進去就座。」

肖念乖乖跟著男人從側邊通道進入會場。徐海帆非常貼心，特地將他的位子安排在最角落，不容易引人注意。

等所有人就座後，主持人開場介紹來賓。徐海帆作為宋知一的代表到場，他本人並沒有現身。

「關於這部紀錄片，知一準備了很久。這也是他送給何丞予先生的禮物，因為何

丞予先生說過，他希望有人能記住他曾經存在過。」

片長足足兩個小時，影片剪輯出宋知一演過的所有角色。這些細節都跟何丞予演過的角色有雷同之處。

影片中段進行到頒獎典禮，然後畫面一轉，來到了永生。裡頭的場景，肖念再熟悉不過。

宋知一演得太像了，哪怕是跌倒在地爬不起來，又或者深夜獨自痛哭的樣子。要不是大家熟識何丞予，恐怕會誤認他們是同一個人。

最後一幕，演員宋知一安靜地坐在永生屋裡，他揚起深邃好看的眼眸望向鏡頭，淡淡一笑，那笑容多麼好看。

「我一度很害怕，又覺得不甘心，為什麼這一切會發生在我身上？到了這一刻，我才知道，原來我最害怕的不是死亡，而是被遺忘⋯⋯」

畫面經由特殊手法處理，宋知一的臉變成了真正的何丞予。眾人一陣驚呼，其中有不少認識何丞予的人潸然落淚。

「這時候，應該有人在哭吧？」

畫面中的俊雅青年笑了笑。

「那證明我成功了，知一也成功了。謝謝你們讓我知道，我的生命不是到這裡就終結了。人生不會重來，我雖然難過自己沒有更多機會去體會新的事物，但是台下的你們，又或者正在觀看這部影片的觀眾，你們還有很多機會⋯⋯請勇敢地活下去，不要害怕困難。就算跌倒了，你們還有力氣爬得起來。」

他言語間自帶嘲諷，讓在場的人又想笑，又難受得落淚。

「最後，我要感謝我的媽媽，她給予我無盡的支持和包容。還有我最好的弟弟，宋知一。希望你可以找到一個人，一個可以好好照顧你，你也願意照顧的人。如果有好消息，記得燒給我一份喜帖，我會從天堂寄送祝福給你。那些祝福，會藏在你最愛的流星裡。」

影像的最後一分鐘，是一片湛藍寧靜的大海，那是何丞予安眠的地方。

肖念也不知道為什麼，從頰邊滑下的眼淚，在電影結束後仍無法停止。

不只是他，現場一片靜謐，只有細微的啜泣聲不斷，彷彿在替這個人的離去無聲哀悼。

散場後，肖念有些失神地走在繁華似錦的街道上。忽然，有個人大聲叫住他：

「肖念！」

他回過頭，就看見那一頭特殊髮色和俊秀臉孔。

亞歷斯克快速跑來，搭著肖念的肩氣喘吁吁，「累死我了，你也走太快了！」

肖念貼心幫他拍背順氣，「好久不見，你找我有什麼事嗎？」

「我要給你東西啦！」亞歷斯克遞過一個掌心大小的提袋。深怕對方不接，硬是塞到肖念手裡，「不能搞丟喔，要不然我會被扣薪水！」

無厘頭的舉動，讓肖念唇角不自覺勾起，「是他叫你給我的？」

亞歷斯克知道他話裡的「他」指的是誰，露出一個既尷尬又不失禮貌的微笑。

「告訴他，我收到了，謝謝。」

亞歷斯克忍不住替某人多說幾句：「呃，肖念，知一不是故意騙你的，他有打算提早告訴你！你也知道，像他那種死腦筋的人，打破原則很不容易！」

「沒關係，你不用幫他說話。」

終章

肖念的語氣聽來淡然，卻莫名有種令人害怕的壓力。亞歷斯克也不想多管，「我先走啦，下次去你店裡喝咖啡！」說完，他一溜煙就跑了。

肖念霎時無言，他還以為自己藏得很好，結果所有人都知道他在哪裡。他低頭看了一眼提袋，伸手拿出裡面的卡片和一盒牛奶糖。

看著這盒牛奶糖，他神色恍然，思緒不禁被拉回到過去——

有一次，他和星星哥哥去外面乞討，有位好心婦人送給他們一顆牛奶糖。星星哥哥知道他喜歡吃甜食，趁他不注意撕開包裝，塞到他嘴裡，還叮囑他不要被其他孩子發現，否則會吵架。

明明是些微不足道的事情，卻讓肖念銘記了一輩子。

當時的他們活得很辛苦，永遠不知道下一餐在哪裡、不知道誰會傷害自己。但吃到糖的那一刻，他的嘴裡甜得升起一絲幸福感。

肖念打開糖盒，一顆牛奶糖滾落掌心。他撕開包裝紙，緩緩放進嘴裡。明明不是第一次吃糖，卻很久沒有感受到這種味道——甜，又甜得令人眼睛發酸。

肖念把卡片翻到背面，眼中映入一個手繪小地圖，上頭用紅點標示出目的地。地圖下方還有一行工整好看的文字。

「今天晚上十一點有一場流星雨，我會等你。如果趕不上，還有日出。」

看完後，他將東西重新收回袋子裡，叫車回去咖啡店。

門外已有客人排隊等候，肖念露出帶有歉意的笑容，「今天臨時有事情，所以不營業。讓你們白跑一趟，真是不好意思。麻煩在這裡登記資料，之後會補給大家打折優惠。」

帥哥店長的笑容，融化了排隊客人的不滿與不耐。他們留下資料後就乖乖離去。

肖念整理好東西，鎖上店門，除了隨身錢包，沒帶其他的東西。他搭乘公車，轉了兩站，抵達天空步道登山口。

從登山步道走上去，大概需要一個半小時的時間，肖念也不急，一步步走著。夜風涼爽，爬山體感舒適，他的心緒異常平靜。

登頂的瞬間，木製平台上空無一人。

他漫步走上前，站在欄杆處往下眺望，眼底是一片如同星空般絢爛奪目的夜景，綿長公路像一條曲折蜿蜒的河流，川流不息。

生命彷彿也是如此，從來沒有熄滅，會用另一種方式存在。

他感受這難得的寧靜，默默閉上眼睛。忽然，有一雙手繞過他的身側，給了他一個溫暖的背後擁抱。

有人說，背後擁抱是為了支撐和守護重要的人。當前面的人失去力氣，再也站不

穩時，後面的人就能立刻接住對方。擁抱越來越深，深到彷彿要融為一體。

「對不起。」

「不用道歉。」肖念深吸一口氣，淡淡說：「其實是我要謝謝你，你給了我動力重新回到這裡。我走進我家了，我開始念書，打算重考外科醫生。我還開了一家咖啡店，現在生意很好……」

他喃喃說著這半年發生過的所有事情。他猜，或許宋知一都知道，但他還是想自己說出口。

「你呢？最近做了些什麼？」

「我完成了我對丞予哥的承諾。我原本以為……那是他對我當年擅自離開的懲罰。」

肖念在第一次會面說的角色解析並沒有錯。

有段時間，宋知一的確陷入了深深的自責與自我懷疑中。

在林衡試圖自殺的那場戲，他出戲了，那時的他是一度想要尋死的宋知一，不是林衡。

那個瞬間，拉回他的除了身為演員的責任感，還有他對肖念的承諾。

他說過,他們會再相遇,他會第一眼認出對方。

沒想到,他在無意間也拉回了肖念。

「直到完成這部紀錄片,我才知道,這些是他對我的祝福。」

從今以後,作為「宋知一」好好活著,做自己想做的事、去自己想去的地方、愛自己想愛的人。

「肖念,從你遞給我小饅頭的那一刻起,你就留在我心上了,一輩子。」

聞言,肖念的唇角勾起淺淺弧度,天外飛來一筆,「所以,你請的那個保鑣不回來上班了?」

宋知一一時語塞。

「聲線轉換得很好,不愧是專業演員。」這語氣聽起來有點像埋怨。

肖念緩緩拉開圈住自己的手,旋即轉身,兩雙深邃的眼中映出彼此面容,所有的不安、誤解與藏在心裡的感情,在此時有了宣洩的出口。

山下夜景依舊絢爛動人,天空中一顆顆流星無聲劃過,燃燒墜落。

而他們,在暗無一人的地方接吻。

無人知曉。

正文完

後記　每個生命都是一顆永不墜落的星星

首先，謝謝讀完這個故事，和主角們走到最後一刻的每位讀者。

編輯說要一篇後記，真的是考倒我了，因為我最不擅長寫後記（淚）。

當初會有這個故事概念，或多或少跟現實中遇到的人、事、物有關。我的工作要接觸好多人與家庭，所以看過很多不同的人生樣貌，有溫暖的，也有令人失望的。

人天生擁有複雜的感情。生長環境造就多樣的個性，碰撞交織出各種火花，有時令人灰心、難受，卻也有充滿堅強與希望的存在。

害怕死亡是人的天性，安樂善終這個話題，看似沉重，但我想用不同角度看待，淡然地面對離別，順便談個戀愛XD。

就算現在社會價值觀相對過往開放許多，大多數人仍不太願意深入地談論生死，可能是覺得離自己很遙遠，或是認為跟自己並無關連。

但死亡其實天天都在發生，有可能是昨天剛碰面的陌生人，甚至是自己的親人。

以我個人的經驗來說，當我看見親人逐漸失去呼吸心跳時，我忽然理解，這就是

死亡。

人會難受，是因為體認到對方已經不存在的事實，可是對逝者來說，擺脫疾病的痛苦，未嘗不是一種幸福。

所以，故事從肖念的視角去看每個角色。他們彷彿真實存在，我跟著肖念一起向楊女士道別、一起參加杜家夫妻婚禮，依稀能聽見那段朗讀誓詞的聲音。我看著莉莉穿上白色婚紗，忘記悲傷，旋轉跳舞走向終點的美麗模樣。

最後，我看著奔向大海的何丞予，去了他最想到達的地方，也留給摯愛祝福。肖念和知一都有各自的傷痛。現實中，我想不少人都有自己的心理創傷，有人可以釋懷，有人可能一輩子都脫離不了。

然而，他們兩個最後都從黑暗裡走出來了。所以，真心希望看完這個故事的人，可以得到些許安慰。這對我來說，是一件很有價值的事情。

希望我們都有勇氣面對人生中的每個課題和難關，一次跨不過，就跨兩次；兩次跨不過，就再試一次。

最後，要感謝願意給這部作品獎項的所有評審、辛苦幫忙看稿的編輯，以及POPO原創的所有工作人員。隨著時代發展，感覺和大家的距離沒有以前這麼遙遠，看見真人的感覺十分奇妙。

碎念一下,參賽時一度覺得要開天窗。因為忙碌,開稿後中斷了滿長一段時間沒有寫。某天,心血來潮打開資料夾,莫名其妙接收到一股洪荒之力,一路像開賽車般咻咻咻飛奔,總算在時限內完成。

這部作品一路從入圍初選到決選,最後還得獎,連我自己都很震驚。

寫到這裡,居然還不滿一千字,只好繼續扯一下。

想鼓勵所有從事創作的人,這條路彷彿永遠看不見盡頭,有時候或許讓人感到灰心,覺得沒有實際的成果。但只要堅持,一天一點慢慢累積,總會有屬於自己最棒的故事。

在這之前,好好生活、照顧好自己,吃飽穿暖,才照顧得了靈感大神。

也歡迎大家可以看看我其他故事(偷偷自薦),以及接下來預備出現的新故事,下次再見。

騎月

國家圖書館出版品預行編目資料

你如流星般墜落／騎月著. -- 初版. -- 臺北市：POPO原創出版，城邦原創股份有限公司出版：英屬蓋曼群島商家庭傳媒股份有限公司城邦分公司發行，2025.06
面； 公分. --
ISBN 978-626-7710-35-7（平裝）

863.57　　　　　　　　　　　　　　　　114008071

你如流星般墜落

作　　　者／騎月		
責 任 編 輯／黃韻璇	行 銷 業 務／林政杰	版　　　權／李婷雯

內容運營組長／李曉芳
副 總 經 理／陳靜芬
總　經　理／黃淑貞
發　行　人／何飛鵬
法 律 顧 問／元禾法律事務所　王子文律師
出　　　版／POPO原創出版
　　　　　　城邦原創股份有限公司
　　　　　　台北市南港區昆陽街16號4樓
　　　　　　電話：(02) 2509-5506　傳真：(02) 2500-1933
　　　　　　email：service@popo.tw
發　　　行／英屬蓋曼群島商家庭傳媒股份有限公司城邦分公司
　　　　　　聯絡地址：台北市南港區昆陽街16號8樓
　　　　　　書虫客服服務專線：(02) 25007718・(02) 25007719
　　　　　　24小時傳真服務：(02) 25001990・(02) 25001991
　　　　　　服務時間：週一至週五09:30-12:00・13:30-17:00
　　　　　　郵撥帳號：19863813　戶名：書虫股份有限公司
　　　　　　讀者服務信箱 email：service@readingclub.com.tw
　　　　　　城邦讀書花園網址：www.cite.com.tw
香港發行所／城邦（香港）出版集團有限公司
　　　　　　地址：香港九龍土瓜灣土瓜灣道86號順聯工業大廈6樓A室
　　　　　　email：hkcite@biznetvigator.com
　　　　　　電話：(852) 25086231　傳真：(852) 25789337
馬新發行所／城邦（馬新）出版集團 Cité(M)Sdn. Bhd.
　　　　　　41, Jalan Radin Anum, Bandar Baru Sri Petaling,
　　　　　　57000 Kuala Lumpur, Malaysia.
　　　　　　電話：(603) 90563833　傳真：(603) 90576622
　　　　　　email：services@cite.my

封 面 插 畫／偶仔GUU
封 面 設 計／也津
電 腦 排 版／游淑萍
印　　　刷／漾格科技股份有限公司
經 銷 商／聯合發行股份有限公司
　　　　　　電話：(02)2917-8366　傳真：(02)2911-0053

■ 2025年6月初版　　　　　　　　　　　Printed in Taiwan
■ 2025年8月初版2刷

定價／350元

著作權所有・翻印必究
ISBN　978-626-7710-35-7

本書如有缺頁、倒裝，請來信至service@popo.tw，會有專人協助換書事宜，謝謝！